La otra orilla

Cartas a mi vecina de arriba

Ariel Magnus

Cartas a mi vecina de arriba

www.librerianorma.com
Bogotá Barcelona Buenos Aires Caracas
Guatemala Lima México Panamá Quito San José
San Juan San Salvador Santiago de Chile Santo Domingo

Magnus, Ariel
Cartas a mi vecina de arriba / Ariel Magnus. -- Bogotá : Grupo Editorial Norma, 2009.
152 p. ; 23 cm. -- (La otra orilla)
ISBN 978-958-45-2240-5
1. Novela argentina I. Tít. II. Serie.
A863.6 cd 21 ed.
A1227981

CEP-Banco de la República-Biblioteca Luis Ángel Arango

Editorial Norma, S. A. para *La otra orilla*
Avenida El Dorado # 90-10, Bogotá, Colombia
Primera edición: septiembre de 2009

Cubierta: Marcela Dato
Imagen de la cubierta: "Los pies de Meli": Ignacio Parodi

Impreso por Cargraphics S.A.
Impreso en Colombia – *Printed in Colombia*
Agosto de 2009

ISBN: 978-958-45-2240-5
CC: 26000999

Piso de abajo, 24 de agosto

Querida vecina:

Luego de haberle transmitido mi inquietud por vía telefónica y de habérsela recordado al final de la última reunión de consorcio, luego de esperar en vano un encuentro fortuito (yo salgo poco, pero usted parece no salir nunca), luego de tocarle el timbre a todas horas del día (*nunca de la noche*, porque respeto su descanso) y de comprobar que mis llamados caen indefectiblemente en el vacío de su contestador automático (me consta que está en su departamento cuando la llamo, vaya si me consta, por lo que supongo que posee usted un gran poder de intuición, o acaso un detector de llamadas); luego, pues, de haberlo intentado sin éxito por todos los medios a mi alcance, me veo obligado a recurrir a éste, el que por mi oficio mejor domino pero el que a su vez, y por la misma razón, menos me gusta malversar en asuntos tan seculares, para transmitirle una vez más mi inquietud por el tema de *sus zapatos*.

Como le expliqué en nuestra primera conversación telefónica, que supo también ser la última gracias al detector de llamadas (¿no es curioso que la misma tecnología que facilita la comunicación también se encargue de impedirla?), como le dije oportunamente y creo que en los mejores modos hace ya más de un mes que la oigo caminar en su departamento como si tuviera puestos zapatos de taco. Algo inquieta por mi observación, tal vez porque ya antes usted misma había tenido oportunidad de hacerla y temía un llamado como el mío confirmando sus sospechas (corríjame si me equivoco, querida vecina, pero para personas celosas de su reputación, como lo soy yo y como creo que lo es usted también, peor que incurrir en una falta es que *se la marquen desde afuera*, y peor aún que eso es haberla notado y no haber hecho nada por enmendarla antes de que trascendiese), algo inquieta, le decía, y con un tono en el que me pareció percibir reprimidos ecos de culpa y aun de disculpa, usted admitió haber adquirido un calzado nuevo en una fecha que coincidía *significativamente* con mi percepción de la molestia sonora, aunque enseguida aclaró que no se trataba de zapatos de calle sino de "zapatillas de andar por casa" (¿Sabía usted que la definición que da la Real Academia de la palabra zapatilla es "zapato de andar por casa"? Yo tampoco) y que esas zapatillas hogareñas no tenían taco sino una suela "corriente y moliente", expresión ya poco común para decir que unas suelas son comunes pero particularmente feliz para la ocasión desde el momento en que alude, con precisión casi le diría cínica, al uso intensivo que usted le da a su calzado entre las paredes de su departamento y al trabajo demoledor que éste imprime sobre el piso que lo separa del –o más bien lo une al– de mi propiedad.

Para probarme que no me estaba mintiendo usted desplegó *dos líneas argumentativas*, la primera fue asegurarme que sus zapatillas eran iguales a las anteriores, tal vez no de la misma marca ni del mismo modelo pero en general muy parecidas, prácticamente indistinguibles, y la segunda fue explicarme que el parqué de su departamento no se encuentra plastificado y que por lo tanto requiere un trato de especial delicadeza, razón por la cual usted siempre circula por senderitos de alfombra dispuestos sobre el mismo con el expreso fin de protegerlo. Ponderé admirado su instinto de conservación y lamenté que no fuera compartido por su antigua vecina de abajo, de quien heredé el parqué oscurecido en casi todos los rincones por el oxidante orín de su perro, pero no pude evitar disentir en lo que tocaba a la filiación de sus viejas y sus nuevas zapatillas, fuera ésta de *identidad* o de mera *analogía*, por el simple hecho de que las anteriores no se escuchaban y las actuales sí, y entre la acústica del edificio, mi sistema auditivo, su forma de caminar y unas suelas, usted me concederá que lo más factible de haber cambiado parece ser esto último.

"Bueno, qué quiere que le diga, ahora las zapatillas vienen así", fue su respuesta, no por tajante y generalizadora menos respetable y singular. Creí percibir en ella una cierta resignación, incluso un dejo de tristeza, como si hablara del clima o del carácter de algún pariente, y me apresuré a coincidir con usted en que la calidad de las zapatillas y en general de todos los productos de industria nacional han disminuido ostensiblemente después de la crisis, por no hablar de la inflación galopante que puso en el rango de precio que antes ocupaban unas zapatillas de calidad a cualquier par de alpargatas con cordones. Al hacer estos comentarios de orden coyuntural no estaba en mi ánimo discutir con usted sobre la situación del país, pero tampoco juzgué oportuno interrumpir sus quejas por el desastroso rumbo de la economía (antes de jubilarse fue contadora, de modo que algo del tema debe entender) y la inseguridad *nunca antes vista* que cunde en el barrio (usted vive acá desde que se construyó el edificio, quién se lo puede discutir), así que la dejé desahogar sus justas angustias ciudadanas antes de aclararle que si había hecho referencia a lo defectuoso de nuestra industria fue para darle a entender que en ningún momento yo había pensado que usted había adquirido su nuevo calzado con el fin de hacerme ruido sobre la cabeza sino que había sido engañada (o digamos *frustrada*, pues la pobre vendedora tampoco lleva culpa en esto) en su buena fe de compradora por las vicisitudes de la economía nacional. En cuanto a la inflación, si la mencioné fue a modo de prólogo antes de jugar *mi última carta* (no sabía que luego vendría ésta), la que me había reservado para el momento en que usted accediera de buena gana a mi pedido, como hubiese hecho yo en su lugar y como hubiese hecho cualquier vecino solidario y como de hecho supuse que también haría usted sin tantos rodeos: me ofrecí, a fin de no sangrar aún más su ya anémica jubilación ni exponerla a los peligros que acechan nuestra calles, a comprarle *un nuevo par de zapatillas*.

"No, bajo ningún concepto", inesperadamente me desairó usted, sin siquiera meditarlo, es decir, *como si ya lo hubiese meditado antes*.

Me ha ocurrido que le miraran los dientes a caballos que he regalado, pero nunca que me rechazaran el caballo entero (¡Bien hubieran hecho los troyanos en seguir su ejemplo, vecina mía!), por lo que supuse que mi ofrecimiento no había sido decodificado de forma correcta y me atreví a insistir: si usted no deseaba que yo fuera a la zapatería (lo cual era del todo comprensible, el calzado es una prenda muy personal y las posibilidades de adquirir el correcto son relativas aun cuando lo prueba el pie que va a hacer uso de él), si quería ir usted en persona y luego pasarme la cuenta o que yo subiera ahora mismo a adelantarle el dinero, ninguna de esas opciones o de otras que se le ocurrieran (incluso estaba dispuesto a firmarle un *talón* vacío de mi tarjeta de crédito) hubieran sido un problema para mí. Pero como toda respuesta usted lanzó un dolido: "Me está ofendiendo". Si no accedía a mi pedido no era por una cuestión de dinero, me aclaró, sino porque ahora, como quedaba dicho, las zapatillas venían así.

"Va a tener que acostumbrarse", cerró su razonamiento, o razonó su cerramiento.

Recién entonces comprendí que con las mejores intenciones, creyéndome no tanto generoso como justo, salomónico, sólo había logrado lastimar su bien ganado orgullo de mujer independiente. Debería haber pedido perdón por mi grosería (pido perdón ahora por no haberlo hecho en su momento), pero en lugar de eso traté de explicarle que no eran las zapatillas en general sino esas en particular las que *vienen así* y que mucho más simple que esperar a que yo me acostumbrara al ruido gratuito de sus suelas de mala calidad era cambiarlas o comprar unas nuevas, de hecho hasta le haría bien al piso de madera por el que usted tanto parece preocuparse.

"No, de ninguna manera. Yo también escucho todo tipo de ruidos y nunca me quejo", cambió usted abruptamente su *línea argumentativa*.

Me enumeró entonces los golpes en su techo a altas horas de la noche, el perro de la portera en la planta baja, la música y los gritos en el patio interno e incluso la bocina del tren, a lo que yo creí conveniente marcarle la diferencia entre los ruidos difíciles de evitar, como el ladrido de un bicho o la bocina de un medio de transporte público, ruidos que yo también conozco y padezco y a los que podría agregar una larga lista pero que no tengo más opción que combatir con medios propios, como ventanas de doble vidrio y ventiladores y tapones de cera (los originales, importados de Alemania, recuérdeme otro día que le cuente la fascinante historia de su invención), y por otro lado los ruidos que podríamos calificar de evitables, como los golpes que usted escucha sobre su cabeza de vez en cuando y yo ahora escucho todo el tiempo sobre la mía, ruidos por lo que se puede y aun se debe uno quejar, naturalmente dentro del marco de la civilidad y los buenos modales, tal como yo lo hacía con usted en ese momento y tal como esperaba que usted hiciera conmigo en caso de sentirse molesta.

"En absoluto, yo nunca me he quejado a nadie y nunca le he dado a nadie razones para quejarse de mí", agregó usted un nuevo matiz a su defensa, casi me atrevería a decir su *estrategia de defensa*, algo desordenada pero estrategia al fin, cuyo principal logro hasta el momento, lamentable e injusto, era ponerme a mí en el incómodo rol de querellante. Se lo dije con parecidas palabras, no sin antes enaltecer sus virtudes como *vecina superiora*, aclarándole a modo de infidencia que una de las razones por las que había decidido comprar un departamento en este inmueble, además de su ubicación en una calle sin salida y la ausencia de edificaciones linderas, era la feliz circunstancia de que tanto arriba como abajo vivieran mujeres solas y jubiladas (sólo un departamento vacío podía ser mejor compañía, inocentemente creía en ese entonces): "No llamé para exigirle nada sino para rogarle con el mayor encarecimiento que me hiciera un favor", me defendí de sus defensas, consciente de que el éxito de mi llamada no dependía de mis argumentos sino de su buena voluntad, pues si usted quiere pasearse sobre zancos dentro de su casa o usar el parqué como xilofón yo difícilmente consiga –por vía policial o judicial– persuadirla de que no lo haga.

"Tómeselo como si le pidiera una taza de azúcar", busqué congraciarme.

"El problema es que a usted le molestan demasiado los ruidos", finalmente recurrió usted a la que, dicen, es la mejor defensa.

"Me molestan los ruidos evitables", maticé el ataque.

"Bueno, mire, yo no soy un fantasma. Si le molesta, váyase a vivir a otro lado."

La amena e instructiva conversación que habíamos venido manteniendo hasta el momento amenazó con tornarse áspera, de modo que decidí que lo mejor era *cortarla por lo cortés* y disculpándome por las molestias ocasionadas, agradeciéndole su paciente atención y haciendo énfasis por vez postrera en la impagable gracia que me haría mediante un rápido y sencillo (y gratuito, la oferta seguía y sigue lo que se dice *en pie*) cambio de calzado, me despedí hasta mejor ocasión. Pese a que nuestro intercambio de opiniones presentaba todos los signos para ser considerado infructuoso y hasta un rotundo fracaso, no le voy a negar que por un tiempo guardé la esperanza de que usted recapacitara sobre lo conversado y cediera a mi humilde petición, incluso creo que por unas horas no volví a oír su alegre zapateo y me felicité por no haber perdido la *compostura* y haber confiado hasta último momento en su valía humana, que por lo demás nunca estuvo en duda. Pero debe haber sido tan sólo una ilusión acústica, o que usted se acostó un rato, o que inopinadamente salió, porque esa misma noche o a más tardar al día siguiente ya había vuelto el simpático pájaro carpintero a martillarme los tímpanos, con lo que se me hizo evidente que mi esperanza había sido vana de toda vanidad.

Desde entonces, salvedad hecha de la reunión de consorcio celebrada algunos días más tarde, donde yo abusé de una pausa en el enfervorizado debate (creo que sobre el color que debíamos imprimirle a la puerta de entrada) para recordarle mi pedido y usted me respondió con un discreto silencio (no era el momento de abordar problemas individuales, le doy la razón), desde entonces las circunstancias (de que usted no sale de su casa ni me contesta el timbre ni me atiende el teléfono) nos han sustraído de la posibilidad de retomar el diálogo, rever nuestras posiciones y llegar eventualmente a un entendimiento, de ahí que me pareciera razonable recurrir al medio escrito para reproducir con algún detalle los términos de nuestra insignificante desavenencia telefónica y así darnos la chance, querida vecina, de analizarla con frialdad y madurez, allende cualquier clase de resentimiento o animadversión. Puede que peque de arrogante al confesarle que incluso ahora, al revisarla y revivirla sobre el papel, no veo en el contenido de mi súplica ni en la forma que elegí para expresársela ninguna causa de peso que justifique su negativa categórica a siquiera considerarla, pero créame que si usted condesciende a darme un motivo, *uno solo*, que ilumine aunque más no sea vagamente una actitud que a mí, acaso por incapacidad personal, me resulta incomprensible, créame que yo seré el primero en aceptarlo, deponer mis solicitudes y dejar de importunarla para siempre.

Sin otro particular para añadir más que el deseo genuino y franco de que todo esto quede sepultado en el olvido antes de que tengamos que lamentar otro tipo de sepulturas, quedo a la espera de su respuesta, por esta vía o por la que crea más conveniente, y sepa que estoy a sus enteras órdenes para el caso de que necesite, también usted, ahora o cuando sea, y digo esto en términos simbólicos pero también materiales, una taza de azúcar.

Cordialmente,
su vecino de abajo.

Querid@ vecin@: Esta vieja fotografía de nuestra hermosa estación de Coghlan no es una postal. No. Esta bella postal es... ¡UN REGALO! ¡Sí! Presentando este "voucher" y su viejo (o nuevo) par de zapatos de suela dura, *Calzados Andando* le **REGALA** un PAR DE ZAPATOS (o zapatillas, como UD. prefiera). Acérquese a nuestro local de la Galería Monroe (o mándenos una carta, o llámenos al 4543-8899) y cambie ese calzado que le arruina el piso (y aun las alfombras) por uno nuevo con suela de goma blanda y antideslizante, ideal para andar por casa.

Piso de abajo, 31 de agosto

Estimada vecina:

Su silencio (que no quiero apresurarme a juzgar descortés pues apenas ha pasado una semana desde que le envié mi misiva y, si bien en este caso no podemos inculpar al correo de enojosas demoras o inadmisibles pérdidas ya que he sido yo mismo quien deslizó el sobre por debajo de su puerta, entiendo perfectamente que usted prefiera tomarse un tiempo prudente antes de contestar o que ocupada como se encuentra con sus tareas domésticas le resulte incómodo escribir mientras camina constantemente de un lado al otro de su departamento sobre zapatos de taco duro) me ha dejado pensando. ¿Será que en el fervor de la escritura, que no por nada es la actividad a la que dedico la mayor parte de mis días y a la que en última instancia le debo la elección como residencia de este lugar apartado y tranquilo de nuestra querida aunque bulliciosa ciudad, será que en la exaltación de ver conmovida esa tranquilidad por el innecesario taconeo de sus zapatos yo o mi escritura cometimos, sin proponérnoslo, alguna imprudencia? En busca de una respuesta a este angustioso interrogante releí con aprehensión mi esquela del viernes próximo pasado, ella misma a su modo no más que una relectura de nuestra charla telefónica del viernes anterior, y me encontré para mi sorpresa y desasosiego con una línea reveladora, no tanto de una posible causa de indisposición para este caso en particular, sino más bien de una potencial clave para explicar su férrea intransigencia en líneas ya generales. Me refiero, estimada vecina, al delicado *passus* de nuestra conversación en que, antes de sugerirme que me fuera a vivir a otro lugar, sugerencia que día a día el eco de sus zapatos parece seguir escandiendo como un tango, *vá-ya-se, vá-ya-se, vá-ya-se*, y que día a día yo afronto con coraje arrabalero, lunfardo, hasta convertirlo en un *se-va-ya, se-va-ya, ya-se-va*, me refiero a la declaración de que usted *no es un fantasma*.

Coincidirá conmigo en que un enunciado de estas características involucra mucho más que la afirmación verídica de un dato irrecusablemente factual. Me consta, en efecto, que usted no es un espectro, y no hace falta que sus zapatos se tomen la molestia de marcarme a diario (de estar marcándome en este preciso instante) un hecho que yo estaría no sólo dispuesto sino incluso feliz de poder garantizar bajo juramento frente a un juez. Tampoco creo que tengan razones para poner en duda su existencia corpórea sus otros vecinos del edificio, ni aquellos que no la conocen lo suficiente como para dirigirle la palabra, ni aquellos que ya la conocen lo suficiente como para haber dejado de hacerlo, y si acaso sospecharan de algún tipo de *irregularidad* en su constitución como persona física podemos estar seguros de que ninguno reclamará pruebas sonoras de la ella, en tanto se mantenga usted al día con el pago de sus expensas. En cuanto a la portera, parece estar tan convencida de que usted es todo lo contrario a un espíritu que decidió tratarla como si lo fuera, eso al menos podemos deducir de la *carta abierta* al administrador que circuló hace unos meses en la que ella exponía, mediante una larga lista de (presuntos) ejemplos, la (alegada) carencia de lo que podríamos llamar un *don de gentes* por parte de usted, carencia que la impulsó a dejar de considerarse su empleada ("su cierva", en la terminología equívoca, por lo inortográfica pero ante todo por lo abusiva, que contaminaba toda la epístola) y a incumplir sistemáticamente cualquier orden que usted le diera. Nos queda, pues, una única persona en el edificio y me atrevería a decir en el mundo entero que acaso dude de su entidad fáctica, y esa persona es *usted misma*.

No es como para alarmarse. El fenómeno es tan común que hasta tiene un nombre, se llama *complejo de inferioridad*, y al igual que el asma o el pie plano o cualquier otro padecimiento de tipo crónico cuenta con probados métodos para neutralizarlo y aun subsanarlo, aunque desde ya le puedo ir adelantando que *torturar al prójimo* no es el mejor ni el más efectivo de ellos. Antes bien, a un problema de autoestima (porque de eso se trata, a fin de cuentas, y me concederá que el buen tino en el decir y los modos respetuosos del habla también se cifran en llamar a las cosas por su nombre), a un problema de autoestima tan grave como el suyo se lo combate mediante un profundo trabajo de introspección y sinceramiento interno, y si bien yo no soy la persona indicada para guiarla a través de ese sugestivo viaje de exploración (*descenso al infierno*, lo llamaban los clásicos) creo estar en condiciones de darle unas primeras herramientas para que no marche del todo inerme a la contienda.

Antes de preguntarnos por qué tiene usted la fantasía de acaso ser un fantasma y con qué asocia la posibilidad de convencerse de lo contrario mediante el cuestionable método de hacer ruido al caminar, debemos retrotraernos a la pregunta primigenia acerca de qué es un fantasma en absoluto, para lo cual estimo de invaluable ayuda la definición que nos proporciona por la negativa el célebre fantasma de Canterville, aquel difunto habitante de una mansión inglesa que –como usted recordará– no logra asustar a los nuevos inquilinos, unos traviesos chicuelos que más bien acaban asustándolo a él. Siguiendo la línea de razonamiento de esta farsa (que es a veces la forma más seria y fructífera de abordar un problema de difícil solución) podríamos concluir que un fantasma no es tanto un ser carente de vida que asusta a los chicos sino cualquier persona de la cual los chicos se espantan como si estuviera muerta, vale decir: no el que se cubre con una sábana y grita ¡Bu!, sino aquel que con su mejor ropa y su mejor sonrisa genera un *rechazo instintivo* en los demás, sobre todo en niños y bebés. Se impone entonces, dejando ya el plano general y teórico, la siguiente pregunta de orden particular y práctico: ¿siente usted que es o fue una de estas personas fantasmagóricas de las que los niños salen corriendo sin razón aparente?; y en caso de que sí: ¿siente que esa pudo haber sido una de las razones por las que nunca tuvo hijos?; y en caso de que la pregunta vuelva a ser respondida por la afirmativa: ¿asocia usted al hecho de hacer ruido con los zapatos la posibilidad de abandonar su estatus de fantasma y así dejar de asustar a los chicos para de esa forma tal vez ser madre a los 70?

Antes, pues, de preguntarse por qué tiene usted la fantasía de ser un fantasma, quizá sea conveniente que reflexione acerca del rechazo que su persona provoca en los bebés, en los hombres que le podrían haber hecho alguno, en los porteros, en los vecinos y en los habitantes de la tierra en general, y antes de dirimir a qué tiene asociada usted la *solución zapatista* habría que establecer si la misma no es parte del problema, cuando no su origen y la sola razón de su persistencia. ¿No pisotea usted, al zapatear contra el piso, la posibilidad de que los otros la estimen como vecina, y no será que con ese acto presuntamente reivindicativo, como de *perra que marca territorio*, lo único que logra es mancillar más y más su ya pisoteada autoestima? ¿Aceptaría considerar como válida la hipótesis de trabajo terapéutico de que sus zapateos, como el braceo contraproducente e *histérico* de quien ha caído en un pantano, la llevan a hundirse de forma cada vez más irremediable en su cenagoso complejo de inferioridad?

No son preguntas difíciles de responder, estimada vecina, lo difícil es planteárselas, pues en hacerlo (o en negarse a) ya va una parte fundamental de la respuesta. Si acepta el desafío se abrirán frente a usted, como le ocurre a todo peregrino, al menos *dos senderos*: el de la reconciliación consigo misma y con los demás, que es de grama tierna y sensible y por tanto debe transitarse con un *calzado benévolo* que no la dañe, o el del capricho infantil y el sadismo misántropo, que es de guijarros puntiagudos y vidrios filosos y para el cual ya cuenta usted con la protección adecuada. Esta última vía, le adelanto, es la que habrá elegido si se niega a cuestionar su actitud o si salva el honor con el último recurso del que dispone dentro del marco de la civilidad, me refiero al de admitir abiertamente que usted hace ruido al caminar dentro de su casa porque le gusta hacer ruido al caminar dentro su casa (un recurso aún más extremo sería alegar que los zapatos se los recetó su podólogo, pero en tal caso debería estar en condiciones de facilitarme el teléfono de dicho facultativo). A mí me enseñaron que la libertad de una persona termina donde empieza la de las otras, y lo mismo me han dicho que vale para sus gustos y sus antojos, pero poniéndome en *abogado del diablo* (o sea suyo, en este caso) no puedo dejar de conceder que dicha justificación –la de que lo hace por hacerlo– es, gracias a su contenido tautológico de verdad, la más honesta e irrebatible que se pueda concebir. Pero cuidado: al admitirme que se trata de un capricho usted estaría ya moviéndose al filo de la racionalidad, por lo que no debe descartar que yo también *le saque filo* a la mía.

Atentamente (*muy atentamente*),
su vecino de abajo.

Pd.: "Los zapatos de suela blanda son los ideales para los bebés y para las personas mayores, ya que protegen la columna vertebral de los golpes y ayudan a conservar el arco del pie, además de mantener tonificados los músculos de las piernas" (*Clarín* de ayer, sección Salud)

Pd. 2: ¿Le llegó el "voucher" de los que andan calzados? Ese con el signo raro, *moderno*, en el saludo. Suena interesante, ¿no le parece? Como para no desaprovechar.

Pd. 3: ¿No pensó en reemplazar los zapatos por algunas pulseritas? Sin molestar al prójimo le confirman con cada movimiento su propia existencia.

URGENTE

Si usted ha comprado un calzado
nuevo en los últimos meses
este mensaje es para usted.

Estimado usuario de calzado nuevo: en las fábricas de nuestro país (y los países vecinos) se ha detectado un grave error de fabricación en todos los zapatos (y zapatillas) que fueron vendidos en los últimos tres (3) meses. Por un lamentable descuido en la mezcla base, los tacos de dichos calzados presentan una consistencia *incompatible con las reglamentaciones respectivas de la OMS*. Su utilización puede causar SEVEROS DAÑOS en la columna vertebral, lesiones plantares irreversibles, parálisis, hemiplejia, y aun MUERTE SÚBITA. Por lo tanto, si usted adquirió un par de zapatos (o zapatillas) en los últimos meses, le rogamos que tenga a bien devolverlo de inmediato en su zapatería más cercana (en su caso, Calzados Andando), donde se le entregará un nuevo par de forma TOTALMENTE GRATUITA, SIN COSTO Y FREE. Atentamente, UFZ.

Piso de abajo, 1 de septiembre

Respetable vecina:

Mi carta del día de ayer ha sido tan injusta que lo que temo para la primera lo deseo para la última, esto es, que *no* la haya leído, y si por acaso llego demasiado tarde, le encarezco que tome la que ahora tiene entre sus manos como obligatorio complemento de la anterior, donde el esfuerzo de ponerme en su lugar me distrajo de asumir el mío, no exento también él de sus aristas y oscuridades.

Me arrepentí de mi desafortunada misiva un segundo después de habérsela hecho llegar y en busca del porqué –aunque ya se me hace evidente que el ejercicio debe satisfacer asimismo el costado más veleidoso de mi oficio– me puse por la noche a releer mi primera carta (¿podrá una cierta cantidad de relecturas por parte del emisario remedar la que acaso nunca hizo el receptor?). Fue así que descubrí, para mi sorpresa y desasosiego, que tal como tuvo usted un momento de *involuntaria sinceridad* al revelarme su pánico a ser un fantasma, también fue víctima de un rapto de intuición abrumadora al recalcarme que a mí los ruidos me molestan en demasía, una sospecha tan pertinente que levanta la de que acaso se haya valido usted de poderes supraterrenales para llegar a concebirla.

Ya de pequeño, en efecto, sufría yo lo indecible cuando viajaba en el chirriante subterráneo de nuestra ciudad o asistía a una bulliciosa fiestita de cumpleaños, pero también cuando alguien masticaba en la mesa con la boca abierta o un reloj mecánico propagaba su ominoso tictac en mi cercanía (o su aún más ominoso dindong, como ocurría con el reloj de péndulo que usted parece tener arriba de mi dormitorio y que hace poco –no se ofenda si le confieso que para mi inmensa alegría– ha dejado de sonar). Tal era mi sensibilidad a los ruidos que incluso me molestaba la *respiración* de mi hermano en la otra punta del cuarto, por lo que para dormir me incrustaba todo tipo de implementos dentro de las orejas, desde pedazos de papel hasta algodones humedecidos, la almohada siempre arriba de la cabeza y la frazada arriba de la almohada, aun a riesgo de dejar los pies al descubierto. Recuerdo en ese sentido que lo peor que podía hacer mi hermano para enojarme era reproducir el sonido gutural, seguido de un extenso suspiro, que las bebidas gaseosas publicitan como señal del placer que supuestamente generan en quien las consume (y que en rigor no es más que el efecto indeseado y despreciable de meterse todo ese gas por el esófago, lo mismo que los eructos, otra falencia típica de estos brebajes que sus creativos publicitarios todavía no han sabido convertir en virtud); para alterar mi ánimo nada peor en ese entonces –o nada mejor– que beberme en la cara gaseosas inexistentes (en casa no se estilaba comprarlas) y mucho mejor aún si el sonido era leve, *casi imperceptible*, pues siempre me molestaron menos los grandes estrépitos que los tenues susurros, quizá porque ante las estridencias mi audición se retrae pero ante el siseo se expande, lo busca, se concentra en él con *morbo masoquista*, de modo que son los sonidos más inofensivos los que terminan acaparando toda mi atención y destrozándome los nervios.

Con los años, tal vez condicionado por esta sensibilidad auditiva, me incliné hacia las taciturnas actividades del intelecto, lo que esperablemente no hizo más que agravar el fenómeno, pues a la irritación que sentía por los ruidos se sumó el gozo que dicha actividad supo enseñarme a extraer del silencio, y así fue como se generó una suerte de efecto *bola de nieve* (nunca mejor usada la expresión, ya que la nieve es la imagen perfecta del silencio, lo que dicho sea de paso también explica por qué en nuestra contaminada ciudad de Buenos Aires, que con la misma lógica podría llamarse Mucho Silencio, nunca nieva), una suerte de bola de nieve o de círculo vicioso que me abrió el apetito por –y se fue alimentando de– una vida cada vez más retraída. Este proceso se aceleró de modo vertiginoso luego de que me fuera a estudiar a Alemania, país en el que me familiaricé no sólo con el *respeto sonoro* por el prójimo y con la nieve que cae inaudita detrás de las ventanas de doble vidrio, sino que también me permitió trabar amistad con los tapones de cera, un maravilloso implemento que desde entonces uso religiosamente todas las noches para dormir y cuya eventual carencia, que Dios y mis amplias reservas jamás lo permitan, me condenaría al insomnio eterno.

Quienes compartieron la vivienda conmigo en Alemania tuvieron la desgracia de comprobar el alcance de mi *oído biónico* cuando los obligué a deshacerse de todos sus relojes mecánicos, aun los que ni recordaban tener y yo descubría en el fondo de los placares (desde entonces que desgraciadamente algunos de ellos los escuchan también, me enteré luego, pues no hay como mostrarle un ruido a una persona sensible para hacerla víctima de él para siempre), pero no fue hasta que volví a la patria que verifiqué, un poco por casualidad, que yo verdaderamente escucho más de lo corriente. Esto ocurrió durante el test auditivo que se toma para renovar el registro de conductor y que consiste en ir indicando con las manos de qué lado de los auriculares aparece cada uno de los sonidos de una serie con volumen decreciente, cuatro o cinco silbidos que la examinadora apuró con protocolar negligencia hasta que se me ocurrió pedirle que siguiera bajando el volumen. Para nuestro mutuo asombro, pude reconocer incluso el último de la escala, más apto para ser escuchado por un perro que por un ser humano, como opinó la simpática señorita, todo esto en el contexto de una oficina semipública repleta de personas no precisamente sigilosas. Con este testimonio por fin *científico* de mis *deplorables superpoderes* decidí que era hora de consultar a un especialista que pusiera fin a las especulaciones, me diagnosticara alguna enfermedad puntual y me recetara su consabido remedio, aunque más no fuera el de poder aludir a mi disfunción con un nombre altisonante y aclarar que la ciencia todavía no le había encontrado solución, pero los fatigosos tests a los que fui sometido no arrojaron valores patológicos de ningún orden y el otorrinolaringólogo se despidió de mí hablando de hipersensibilidad y aun de *neurosis*.

Con lo que llegamos al punto de inflexión de mi extensa aunque espero que también reveladora historia clínica, al momento asaz embarazoso de preguntarnos, como ya hicimos en su caso con el miedo a ser un fantasma, de dónde proviene en el mío esta marcada aversión por el bullicio, para respondernos lo cual creo que la idea de neurosis, como antes la de complejo de inferioridad, da la impresión de ser bastante atinada. En efecto, respetable vecina, yo soy lo que en la jerga vulgar y aun en la psicoanalítica se denomina un *neurótico*, y tengo motivos para sospechar que el fastidio por casi cualquier alteración del silencio, si bien subvencionado por la receptividad algo hiperbólica de mi tacto auricular, es menos una causa que un síntoma de este fenómeno, dicho esto sin ánimo de desmerecer lo que pueda ocultar de objetivamente enfadoso *el traqueteo gratuito de unos tacos innecesarios*. Porque bien mirado, o digamos bien oído, *el impredecible y discontinuo redoble de sus enervantes zapatos* sobre mi sufrida cabeza no constituye en cantidad de decibeles un riesgo para mi salud y hasta dudaría, como ante el desafío de pesar una pluma sobre una balanza de cocina, que pueda ser siquiera captado por un medidor de contaminación sonora, mientras que sí me consta, por haberlo probado con mis invitados, que muchas personas ni lo escuchan o si lo hacen no le dan la menor importancia.

Es por lo tanto a mi neurosis que le cabe la casi exclusiva responsabilidad de que su nuevo calzado me esté *horadando el sistema nervioso* y es también a ella, yendo ya al fondo del asunto, a quien debo mi concepción diríamos *sartreana* del prójimo como un ente potencialmente estrepitoso, un infierno sonoro del que es mejor mantenerse a distancia. Porque el prójimo es en sí una fuente de ruidos, nunca de silencio, en ese sentido lo máximo que se puede esperar de él es que sea de sonoridad normal tirando a baja, un premio algo flaco para convencer a una persona como yo, de naturaleza solitaria y economía más o menos autosuficiente, quejosa además y corta de paciencia, para que abandone su encierro y salga a competir por su amistad. Tal vez mi resistencia al prójimo sea anterior a mi resistencia al ruido, incluso es posible que sea previa a mi neurosis, cuando no el origen de la misma y la causa eficiente de su continuidad, y de ahí que yo no pueda acostumbrarme al ruido de sus zapatos, como usted me pide, no al menos de forma inmediata, pues el largo proceso de análisis y superación del trauma que en su caso empieza por el acto de cambiarse el calzado, en el mío recién al final desembocaría en poder acostumbrarme a él. En conclusión podríamos decir que somos *dos misántropos*, vecina, sólo que su problema radica en que los demás no la soportan y el mío es que no tolero a los demás.

Intenté ser conmigo en esta carta tan duro como he sido con usted en la anterior para demostrarle y demostrarme que todo problema entre dos personas es también un problema de cada una de ellas y que la poco feliz coincidencia de dos individualidades conflictivas sólo tiene chances de resolverse si ambas partes asumen su monto de responsabilidad. Por eso le pido que tome esta misiva como lo que creo que no oculta ser, la triste historia de vida de un hombre al que una presunta virtud física acabó transformando en un *minusválido social*, la confesión de un neurótico que se dejó abducir por la peligrosa espiral de la vida solitaria y ahora encuentra atrofiada la facultad de relacionarse con el prójimo (o no desarrolló aún la de ni enterarse de su existencia), en una palabra: el acuciante pedido de auxilio de *una persona enferma*.

Escuche, vecina mía, la plegaria que este pobre hombre le hace de rodillas y con amargas lágrimas corriéndole por el rostro, compadézcase como lo haría Cristo y acceda a mudar de calzado pues el sacrificio no es grande y puede salvar una vida, aún joven, que acaso esté llamada a llenar muchas páginas de reflexiones más felices y trascendentes que éstas.

Desde ya eternamente agradecido,
su vecino de abajo.

Pd.: Y en caso de que el cristianismo no la convenza, ¿pensó en la posibilidad de convertirse al budismo? Piense que se trata de una religión muy fácil de asumir: lo único que debe hacer es sacarse los zapatos antes de entrar a su casa.

Pd. 2: OMS significa Organización Mundial de la Salud. UFZ, Unión de Fabricantes de Zapatos.

Hermanas y hermanos en Cristo: se van acercando las fiestas y, como todos los años, nuestra Parroquia organiza su Colecta Pre-Navideña para los hermanos y hermanas en Cristo y la vía. Yo soy el camino, dijo Nuestro Señor, pero sabemos que SU camino está lleno de espinas, piedras, botellas de cerveza partidas y jeringas infectadas de SIDA. Por eso, este año queremos concentrarnos en la donación de calzado de suela robusta, bien dura. Pero no queremos, hermana, hermano, que nos done sus zapatos viejos. ¡No use a los pobres como un tacho de basura para limpiar su conciencia! Denos el más nuevo de sus zapatos (o zapatillas), ese que compró hace poco, el que usa habitualmente (no importa que sea de "estar por casa", ni bien salga a cartonear será de "estar en calle"). Parafraseando al Señor: Donemos al prójimo lo que nos gustaría que el prójimo nos donara a nosotros mismos. Amén.

Piso de abajo, 4 de septiembre

Razonable vecina:

Obnubilado el juicio por el fervor autocompasivo llegué a decir en mi carta anterior, noto ahora al releerla (el único consuelo que me queda mientras usted no me haga la merced de honrarme con una respuesta), que a la irritación que sentía de niño por los ruidos se sumó con el trabajo intelectual de mi adultez *el gozo que dicha actividad supo enseñarme a extraer del silencio*, una frase que más allá de sus extravíos sintácticos y desarmonías morfémicas adolece de un grave *anacronismo lógico*, en el sentido de que va en contra del orden racional y en el sentido también de que es lógico que lo haya cometido.

Porque así como no apreciamos la salud hasta que nos enfermamos, tampoco yo supe valorar debidamente mi amor por el silencio hasta que descubrí que tenía una severa alergia al ruido, lo cual no significa que ésta sea previa a aquél más que desde un punto de vista *gnoseológico*, nunca empero *ontológico*. Favorece al equívoco la propia lengua, madre de casi todos los equívocos, que por incapacidad y soberbia define al silencio como ausencia de ruido, invirtiendo así los términos de una ecuación en la que lo positivo es siempre el silencio, pues a nadie se le escapa que el ruido articulado es el que llegó más tarde y el que en todo caso debería definirse como una falta de silencio, como su antojadiza y no siempre beneficiosa negación.

En su calidad, pues, de *alteración morbosa del silencio*, el ruido es tan posterior a su presunta falta como el movimiento lo es de la quietud, el todo lo es de la nada y lo lleno de lo vacío. Ya lo sé, no hace falta que me lo recuerde: los eleáticos han negado el movimiento, Parménides afirma que la nada no existe y Leibniz demostró que en ningún mundo posible hay lugar para el vacío. Pero esas posturas arcaicas ya han sido superadas, filósofa vecina, y en todo caso no son aplicables a nuestro caso, más parecido tal vez al del huevo y la gallina, aunque ya resuelto de antemano desde el momento en que la gallina cacarea y el huevo –que obviamente fue empollado con anterioridad por cualquier otro plumífero– no. Poner en duda esta cronología elemental es como discutirle a un clérigo que Dios es una fantasía del hombre y no su Padre, como afirmar que el Verbo nunca habló, una postura menos propia de un ateo que de un ignorante o de un rebelde sin causa, ya que su intrínseca incompatibilidad con la idea de un ser supremo, su rechazo chillón de las reglas más básicas del juego, sólo puede llevar a una vana y lamentable discusión de sordos.

Que de todo esto la humanidad ya estaba al tanto desde antiguo lo demuestra la así llamada *música de las estrellas*, esa doctrina que creó el pitagorismo (la escuela filosófica más sutil y perspicaz de la vieja Grecia –una contadora como usted no dejará de coincidir conmigo–, sólo superada poco más tarde por Pirrón y su escepticismo radical, que niega el saber y nos recomienda, como toda actividad filosófica y aun de vida, guardar silencio), doctrina clásica que Pitágoras y sus seguidores formularon tras descubrir que los principales intervalos musicales pueden ser expresados como las relaciones proporcionales entre los cuatro primeros números. Lo que vale para la música, ese arte celestial –razonaron nuestro sabios–, necesariamente tiene que valer para todo el universo, ese reloj a gran a escala, esa inmensa *caja de resonancia*, y si nosotros no llegamos a escuchar la música que producen los astros al moverse según aquellos patrones numéricos es sencillamente porque ya suena en nuestros oídos desde antes de nacer: ésa es la música de las estrellas, la ubicua y primigenia, la inconmensurable, la que equívocamente llamamos *silentium*.

Pero no era mi intención irme tan lejos, ni tampoco es que hiciera falta: sin siquiera movernos de nuestro lugar tenemos el ejemplo del ruido de sus zapatos, él mismo la *negación de su respectivo silencio* y muestra palmaria de que mi reclamo no atañe más que a *un bien anterior* que me fue sustraído sin preaviso de ninguna clase ni razones de ningún tipo, un modesto paraíso perdido que a usted nada (*absolutamente nada*) le costaría restituir. Devolver mi súplica a su equilibrado eje era, por su parte, ya que se supone que el centro del equilibrio del ser humano está en los oídos, la modesta intención de estas filosóficas líneas, que, sin negar mis temperamentales declaraciones precedentes en cuanto a mi exagerada y acaso reprochable sensibilidad al ruido, esperan haber demostrado que mucho más profundo que mi rechazo a esa enfermedad de la civilización es mi amor por su *salvaje estado primordial*, el benévolo y ancestral silencio, a cuya axiomática *preeminencia ontológica* no le caben reproches de ningún tipo sino antes bien *el más urgente y comedido respeto*.

Lógicamente,
su vecino de abajo.

Querida Isabel, ¿cómo estás? Te escribe tu vecina acá de arriba, como ando muuuy ocupada no me da tiempo para verte, pero siempre pienso en vos, siempre. ¿Todo bien por ahí? ¿Los muebles bien? ¿El piso? ¿Las alfombritas? Ojalá que todos estén bien, en familia. Yo la verdad es que no me puedo quejar, querida, salvo del clima, obviamente, qué calor para esta época, y la fruta que no baja de precio, cuando hace frío dicen que la cosecha fue mala y cuando hace calor no dicen ni mu. La que sí quedó muy linda es la estación, toda pintada de bordó, divina, parece que la plata de la pintura la puso el arquitecto de acá al lado, el que tiene la esposa loca que siempre llega tocando la bocina para que venga a abrirle la mucama, esa que cuando ella no está se la pasa hablando con el que les pasea el perro, el de los aritos y los tatuajes y la ropa toda sucia, dale que dale a la labia delante del portón como si quisieran que se enterara todo el barrio, para mí que entre ellos algún metejón hay. Dicen además que el arquitecto fue el que mandó a sacar la campanita que pusieron en las vías, quizá le molestaba el ruido, hay gente muy sensible con esas cosas, pero hay que respetarlas, me parece, mirá si no cuánto ayudó el hombre éste al barrio. Es un poco, no sé, como el escritor ese que tenemos en el primero, el pelado (se pela él mismo pero para mí que el pelo ya no le crece), ése también necesita silencio para trabajar, yo no lo entiendo pero hay que respetarlo, mirá si después se hace famoso y el barrio se nos va para arriba, pensá que eso aumenta el valor inmobiliario de nuestro edificio también, corremos el riesgo de que se haga tan famoso que después a nuestro edificio lo declaren patrimonio de la humanidad y no se pueda vender pero bueno, el que no arriesga no gana, ¿no? Y hablando de ruido, no te imaginás el que hacen los chicos de arriba mío, bueno, hacían, porque fui a hablarle a la mamá y divina, me entendió perfectamente, desde entonces que los chicos se portan bien, les regalé unos zapatos nuevos y estaban felices, qué lindo cuando nos entendemos entre vecinos, ¿no? Yo por recomendación de mi podólogo dejé de usar zapatos en casa, no te imaginás lo bien que hace caminar descalza o con medias, en serio, probalo y vas a ver.

Bueno, te mando un beso enorme

Luli

Piso de abajo, 9 de septiembre

Humana vecina,

Tal vez demore usted una respuesta a mis ya regulares escritos porque se encuentra reflexionando acerca del intrincadísimo camino que deben recorrer las ondas sonoras producto de la colisión entre el piso de su departamento y las toscas suelas de sus invariables zapatos antes de arribar a mi lacerado cerebro, yo en todo caso no pude resistirme a hacer lo propio tras toparme en la relectura de mi anterior esquela con el tramo donde se alude al oído como centro del equilibrio humano y puede creerme, ahora que tengo ante mí las páginas web dedicadas al tema de la enciclopedia virtual Wikipedia –una de las pocas lecturas profundas que aún logro pasar de contrabando dentro del reino de la desconcentración total que fundaron sus zapateos–, puede creerme que tampoco usted saldría de su asombro al contemplar el milagro físico que involucra este sólo en apariencia (como otros que no sería educado mencionar) inocente proceso.

Porque fíjese que antes siquiera de estar en condiciones de iniciarse en su largo peregrinaje, la onda sonora debe ser admitida dentro del orificio de la oreja que se abre entre el *trago* y la *concha* (tal la curiosa denominación de los cartílagos externos del así denominado *pabellón*), para lo cual debe presentar una frecuencia no inferior a los 16 Hz y no superior a los 19 Khz, rango de percepción nada despreciable si lo comparamos con sus equivalentes para la vista o el olfato pero del que bien analizado quedan excluidos la casi totalidad de los sonidos que se generan a más de unos metros de distancia, por ejemplo el de sus zapatos cuando se los lleva a hacer las compras. Como ocurre con las estrellas de rock y en general con todas las frustrantes carreras asociadas a la música, son muchas más las ondas sonoras que se quedan en el camino que las que logran llegar a nuestros oídos, y aun si contáramos con una oreja de dimensiones siderales tampoco a ella llegarían más que los ecos de algunos pocos incidentes, ridículamente pocos si se tienen en cuenta los que acaecen de forma constante y simultánea en todo el universo.

Una vez admitida dentro del pabellón, la onda sonora debe atravesar el así denominado *conducto auditivo externo*, una larga cavidad que cuenta con *folículos pilosos* y *glándulas sebáceas*, lo que vulgarmente vendría a significar que presenta pelos y cera, a veces muchos pelos y cantidades ingentes de cera, sustancias éstas de corte más bien disuasivo dispuestas allí como los barrotes y los sistema de alarma en las casas suburbanas, es decir: no precisamente para bienvenir a los *intrusos*.

Superados estos obstáculos del conducto auditivo externo llegamos al *tímpano*, que tal vez por influencia de la Iglesia imaginamos como una campanita pero que en rigor es una membrana cónica, y con el que igual de falazmente tenemos asociado –responsabilidad en este caso de la instrucción deficiente impartida en nuestros establecimientos educativos y consolidada luego en casa por las caricaturas simplificadoras de los dibujitos animados– con el que asociamos el apogeo de la audición, la meta del camino, cuando es recién aquí que las ondas sufren la metamorfosis que iniciará el proceso de hacerlas interpretables para nuestro cuerpo y más tarde para nuestro cerebro: absorbidas en forma de vibración por la membrana del tímpano, dejan de ser conducidas plácidamente por el aire para constituirse en ruda energía mecánica.

Detrás de la membrana se abre la *caja timpánica*, donde se aloja la *cadena osicular* que forman el *martillo*, el *yunque* y el *estribo*, tres huesitos por los que se transmite la vibración a través de todo el *oído medio* hasta llegar a la *ventana oval*, puerta de entrada al laberíntico *oído interno*. Pese a la estridencia poco menos que irónica de sus nombres, los tres huesitos en cuestión son de los más pequeños que contiene nuestro cuerpo (el estribo es de hecho, si estas páginas virtuales no me engañan –y por qué habrían de querer hacerlo–, el más pequeño en absoluto), por lo que me gusta imaginarlos como una suerte de delicadísimo puente colgante a través del que la vibración sonora debe pasar con extremo cuidado, tratando de contener la respiración y, por así decirlo, *sin hacer ruido*.

(Si estuviéramos en un tren o en un colectivo y yo fuera un vendedor ambulante ahora habría llegado el momento, tras tan dilatada presentación, y con el objetivo de potenciar el efecto de oferta, de revelarle al fin el precio de la mercadería que le he estado glorificando, lo que traducido a nuestro lado de la metáfora equivaldría a anunciarle que hemos llegado al final de nuestro peregrinaje, ya lo suficientemente largo –barato– como para que incluso una persona perseverante –ahorrativa– como usted se sienta cansada –lo compre–, y entonces sí arremeter, *como si esto fuera poco*, con el último círculo de este descenso a los abismos auditivos, el que definitivamente la convencerá de que, más que una oferta, esto es *un verdadero regalo*).

El oído interno se divide en el *laberinto*, que se ocupa del equilibrio, llamado así porque su forma remite al que habitaba el minotauro, y el *caracol o cóclea*, llamado así por su forma, que contiene el célebre *órgano de Corti*, formado por células ciliadas o pilosas no regenerativas que se apoyan sobre una membrana *basilar* y a su vez se encuentran conectadas con la membrana *tectoria*. A través de este misterioso órgano que tuvo a bien descubrir al señor marqués Alfonso Giacomo Gaspare Corti (1822-1876) tiene lugar la segunda metamorfosis, ya digna de algún dios ovidiano, durante la cual la energía mecánica de las ondas sonoras se transforma en energía nerviosa, para explicar la cual me veo obligado a recurrir al moderno y confortable método científico del *copy & paste*, en parte porque no quiero ser víctima de *Titivillus*, el demonio de los errores de trascripción, y en parte también porque el ruido de sus zapatos acaba de intensificarse hasta límites desquiciados (cuando habla por teléfono, no sé si lo sabe, camina usted de un lado al otro como un animal enjaulado –o un loco suelto–) y ya no me va dejando resto cerebral para otro tipo de actividad craneana que no sea el liso y llano plagio: cuando el *estribo* –copio entonces–, que ha recibido el impulso mecánico del *yunque*, ejerce presión sobre la *ventana oval*, se genera una onda en la *perilinfa* (mezcla de plasma y líquido *cefalorraquídeo* ubicada entre la *cápsula ósea* y la membranosa, por donde circula la *endolinfa*) que viaja a lo largo de la *cóclea* desplazando la membrana *basilar* y produciendo la flexión de los *cilios o pelos* que están en contacto con la membrana *tectoria*, vibración no uniforme –de ahí los diferentes tonos– que se traduce en cambios de potencial en las células, que por su parte generan estímulos nerviosos a través de las células bipolares del *nervio coclear*, cuyas prolongaciones periféricas viajan hasta el *ganglio* a partir del cual se origina este nervio.

(Hay un cuento, cuyo título y autor mi memoria no dudaría en proporcionarme si no se hallara anulada –como mi cerebro en su conjunto y lentamente también el resto de mi cuerpo– por el estruendo de sus *tacos cercanos* –tal sería el título–, en donde se relatan las aventuras de un billete durante veinticuatro horas, cómo va pasando de mano en mano hasta terminar en donde empezó, recurso que con gusto y creo que también con provecho podría yo aplicar a la vida de una onda sonora si usted me diera una tregua de digamos una semana; con gusto también escribiría un cuentito en donde usted deja de hacer ruido durante una semana para que yo pueda escribir la historia de ese ruido, pero incluso para eso necesito que haga silencio.)

Pero aquello no es todo: al llegar al *bulbo raquídeo*, el nervio antedicho se divide en dos raíces, una *ventral* y otra *dorsal*, la última de las cuales se dirige al *pedúnculo cerebelar inferior* y termina en *el núcleo coclear dorsal o tubérculo acústico* (adyacente, para más precisión, al *receso lateral del cuarto ventrículo*), mientras que la primera termina en el núcleo coclear *ventral*, situado hacia *caudal y lateral* del pedúnculo cerebelar inferior, núcleos estos (dorsal y ventral) de los que nacen las segundas neuronas, es decir las que se *decusan* parcialmente y terminan en los núcleos *trapezoideos* ventrales y dorsales a través de los cuales las fibras auditivas que logran pasar sin interrupción se unen a las fibras que dejan estos núcleos y forman el *fascículo o lemnisco lateral*, que se dirige hacia el *mesencéfalo* y acaba en *el colículo inferior y el cuerpo geniculado medial*. A partir de este punto nacen –ahora definitivamente– las radiaciones acústicas, que llegan a la corteza temporal del cerebro, donde se integra la información.

Como se echa de ver, o al menos de intuir, porque yo tampoco entiendo muy bien el mecanismo, y que en eso no estoy solo lo demuestran sin ir más lejos los aparatos de reconocimiento de voces que nunca reconocen nada, al parecer el oído es uno de los órganos menos estudiados y menos comprendidos y por ende menos reproducibles del cuerpo humano, la hipótesis es que con él empezó a formarse el *Homo sapiens* y que por eso va a ser *lo último* que lleguemos a entender; como se echa de ver, decía, el camino de la audición es tan deliberadamente burocrático que no parece haber sido trazado para que lo recorrieran las sufridas ondas sonoras, sino más bien para que se perdiesen en sus kafkianos recovecos como una víctima en busca de justicia, o un pobre en reclamo de un subsidio. Visto desde esta perspectiva, daría la impresión de que el oído es un órgano *más preparado para defendernos de los ruidos que para transmitírnoslos*, como si, atento a lo fácil que se genera una onda sonora –tan fácil digamos como la eyaculación en un púber (tan natural, por cierto, como la terquedad en una señora mayor)–, como si atento a ello el cuerpo ya contara de antemano con los sistemas de defensa encargados de que un descuido o un *capricho* no tengan tan fácilmente consecuencias de gravedad.

También por esta vía llegamos entonces a la conclusión de que el ruido es *posterior* a su presunta carencia, por lo que me gustaría que esta carta fuese asimilada como una posdata biologicista de la anterior, una irrefutable nota *al pie* que cimiente en lo científico la tesis filosófica de que lo primordial en el ser humano es el silencio y de que sería precisamente eso, el mutismo básico, *la silente esencia ontológica del ser*, mi propio yo para decirlo lisa y llanamente, lo que se estaría extrañando por acá desde que usted cambió de zapatos.

(Bio)lógicamente,
su vecino de abajo.

Pd.: Volví a escuchar el dindong de su reloj de péndulo. ¿Debo interpretarlo como una señal de que lee mis cartas? ¿Ding o dong?

Pd. 2: Me encontré con su vecina de arriba, la Carmelita descalza, y me dijo que quería escribirle. ¿Lo hizo?

Piso de abajo, 13 de septiembre

Superior vecina:

Tiene usted toda la razón si leyendo mi carta anterior y a modo de respuesta mental (física no he obtenido ninguna, y no me refiero a la escrita, que se la puede ahorrar si prefiere, sino a la fáctica de ceder a mis súplicas y cambiarse de una puta vez sus zapatos) no puedo más que darle toda la razón si reflexionando sobre ese maravilloso órgano al que hice detallada referencia en mi carta próxima pasada usted creyó descubrir que el oído podrá ser todo lo selectivo e impracticable que él o yo queramos pero que así y todo, al igual que otros orificios que nuestro hacedor podría haber obstruido más decididamente si en verdad condenara ciertos descarríos genitales, le estaría faltando un párpado, un prepucio, un tapón.

Su análisis es rigurosamente cierto, y es por eso que el ser humano se ha visto compelido desde tiempos inmemoriales a paliar con su ingenio una falencia que, dicho sea de paso, no responde a lo necesario que pueda resultar para nuestra supervivencia no aislarnos acústicamente del mundo, sino que más bien expresa la importancia vital que sí implica nunca perder el equilibrio. De estas estrategias ideadas por el hombre para enmendar la obra del Altísimo la más antigua es sin lugar a dudas la *oclusiva*, simbolizada por antonomasia en los nunca demasiado encarecidos tapones de cera, esos que (como usted de seguro recordará) ya usó Ulises para tapar los oídos de sus remeros y así poder oír, atado al mástil de su barca, la música prohibida de las sirenas. Cuenta la leyenda que fue leyendo precisamente este pasaje de la *Odisea* que al farmacéutico alemán Max Negwer se le ocurrió hace ahora un siglo la idea de crear los primeros tapones de cera de venta libre, los célebres Ohropax (de *Ohr*, oído en alemán, y la palabra latina para *paz*), un mito de fundación que más allá de su autenticidad histórica constituye un ejemplo insuperable de lo que es una *mala lectura* de los clásicos, y de cómo las malas lecturas suelen ser las más productivas.

En el curso precisamente de mis malas lecturas de los clásicos, esas en las que podía regodearme antes de que usted transformara su departamento en un taller unipersonal de zarzuela arrítmica, descubrí que existe una segunda versión del mito, ya presente en el *Satiricón* de Baltasar Gracián (Crisi Undézima), e inesperadamente filtrada entre las notas al pie de la edición del *Fausto* de Manuel José González (II, II, n45), según la cual Ulises también habría tapado con cera sus propios oídos, versión que más tarde retoma Kafka en un breve relato de juventud donde desliza la hipótesis de que el arma de seducción más espantosa de las sirenas no era su canto, sino su silencio. Esta sugestiva conjetura del insigne autor checo, quien dicho sea y ya no tan de paso era un fanático de los Ohropax, como usted habrá comprobado si leyó con atención sus torturados *Tagebücher*, esta interesante hipótesis estaría indicando, por un lado, que el silencio es mucho más tentador que la forma más acabada del ruido, es decir el canto, y, por el otro, que existe una sensible diferencia entre la tentación que nos proporciona el producto de las abejas y la que reina en el aire donde ellas revolotean.

A lo que voy es a que los Ohropax, que no deben ser confundidos con los tapones amarillos de gomaespuma ni con los transparentes de silicona ni aun con los de cera colorada fabricados en nuestro país, no señor, o sea señora, o incluso mejor señorita, yo le hablo de los Ohropax originales, los que me hago traer especialmente de Alemania y acumulo de a docenas en mi mesita de luz; decía que los Ohropax podrán ser un gran invento, tal vez el más trascendente que experimentó la humanidad hasta la llegada de la penicilina (Séneca se ríe de Ulises y llama a su ardid un *facilem remedium*, pero Adorno y Horkheimer lo resaltan como una *techné* propia del hombre ilustrado mediante la cual el héroe, o sea la Razón, "dispone las cosas de una forma tal que aun caído no caiga en poder de las sirenas", un pensamiento típicamente dialéctico que le dejo para que reflexione durante sus peripatéticos periplos); trataba de decirle que, aun si los Oidopaz lograran aislarme por completo del incisivo ruido que en este mismo maldito momento estoy escuchando sobre mi cabeza, hay tan poco margen de comparación entre la aguda sinfonía de ruidos internos que brindan los tapones y el silencio real del mundo físico como entre una brisa de aire fresco y una ráfaga de aire acondicionado: ambas soluciones son preferibles al calor, de acuerdo, pero entre ellas no reúnen ni las coincidencias mínimas para empezar a establecer sus diferencias.

Pero lo más triste es que los Ohropax, a pesar de su admirable coeficiente de reducción de sonido, mayor incluso que el de los tapones de silicona hechos a medida –una verdadera estafa–, no alcanzan para poner coto a la *batahola* que producen sus taconeos de autista, y lo mismo corre para el otro gran invento de tipo oclusivo, las *ISO-Fenster* o cerramientos de PVC con doble vidrio acústico, que mandé poner en todas las aberturas de mi casa (con no poco esfuerzo económico, sépalo, porque estos onerosos implementos también son importados de Alemania, *el país de la música y del silencio*) pero que desgraciadamente no puedo poner en el techo. Lo que sí puedo hacer, me dirá usted, es bajar el cielo raso unos centímetros y rellenar el hueco con poliuretano y otros aislantes, a lo que le contesto que gracias por la iniciativa, pero que ya he consultado el tema con expertos y me han dicho que sería en vano, el ruido –más ingenioso que el agua y más tenaz que un chiflete para colarse donde no le corresponde– pasaría por las paredes y seguiría siendo igual de audible, y si usted me replica que haga lo propio con las paredes, entonces bueno, qué quiere que le diga, para eso me mudo y punto.

Prefiero todavía mantenerme en el terreno de lo racional y por eso me procuro por mis medios el alimento del que usted me priva ni siquiera para disfrutarlo usted, ni siquiera por gula, pues el silencio es un *bien compartido* que salvo muy contadas ocasiones *no se queda el que se lo quita a otro*; manteniéndome en el terreno de lo racional, pues, elegí valerme de la segunda estrategia ideada por el hombre en su lucha contra los ruidos, la que podríamos llamar *distractiva* o *episonora*, que consiste en distraer la audición mediante un ruido que sobrepase al de la molestia, naturalmente un ruido sordo de timbre monocorde e ininterrumpida constancia, no música, ni siquiera música clásica alemana, por mucho que la belleza de sus armonías se parezca a la del silencio. Según mi ya dilatada experiencia en el rubro, la mejor forma de generar este *episonido vicario* o *silencio de segundo orden* es un ventilador de tamaño mediano, se lo prende mirando hacia la pared y es como si sus aspas ahuyentaran todos los sonidos, como si los trituraran y engulleran, además de que mal o bien remueven el aire que las ventanas de doble vidrio tienden a estancar hasta estándares poco higiénicos. Este método es a su modo tan efectivo que bien podría hacernos caer en la tentación de definir el silencio como *un ruido constante que no es percibido por el oído humano*, pero ojo, pues eso sería incurrir en un doble error, el primero de los cuales consistiría en insinuar que al silencio se lo puede construir con ruidos, lo que equivale a decir que *no es una materia prima sino un compuesto*, y el segundo estaría en desconocer que el ruido sordo y continuo, cuya variante más conocida –el zumbido de las autopistas– acaso no en vano lleva el nombre de *blanco*, anestesia la audición tanto como el humo del cigarrillo embota el olfato, es decir que el oído se acostumbra a él tanto como el cuerpo al cigarrillo y a la larga los nervios terminan *pudriéndose* cual pulmones de fumador.

Con profundo dolor debo asentar empero que, aun sumando este ruido que imperceptiblemente me fagocita el sistema nervioso a los tapones que de día me producen mareos e incluso náuseas, yo escucho (yo *estoy escuchando*) sus patéticos repiqueteos de yegua senil, y más dolor me causa informarle que la única opción que me queda –la tercera y más avanzada estrategia en materia de cruzadas contra el ruido, la que consiste en defenderse de las ondas de sonido atacándolas con una onda contraria– aún no ha sido inventada. Según leí hace poco en el diario ya han desarrollado en alguna universidad alemana una especie de parlante de doble entrada que reconoce la frecuencia sonora que recibe de un lado y enseguida genera hacia el otro una frecuencia opuesta que la neutraliza y la torna inaudible, algo así como un potabilizador de aire que no extrae lo malo con un filtro sino que lo anula con químicos, explicaba el artículo, donde también se aclaraba que el proyecto está en su fase inicial y que aún faltaban años o acaso décadas para que su encomiable tecnología estuviera a disposición del consumidor, un hecho lamentable que no dudaría en reparar si tuviera dinero, en vez de donárselo a UNICEF o a la Cruz Roja se lo daría al departamento correspondiente de una de estas universidades de los países desarrollados donde el futuro, siempre inmenso y majestuoso como una ballena, se acerca a parir.

Mientras aguardo a que se desarrollen estas armas de última generación munido de unas que a todas luces no me sirven y mientras lucho contra la tentación de recurrir a otras bastante más primitivas (toda alergia, como usted sabe, se cura, o bien alejándose del agente alergénico, o bien *haciendo que el agente alergénico se aleje de uno*), le pido que tenga a bien deponer las que sin razones *ni provecho propio* usted sigue blandiendo para así sentar las bases de una paz duradera que sirva de ejemplo a todos los vecinos y a la humanidad en su conjunto.

Agitando el pañuelo blanco y en la esperanza de ver agitarse el suyo,

su indefenso vecino inferior.

Pd.: "La audición es como un perro fiel, por más palo que uno le dé igual se queda a nuestro lado" (Lautaro Vacayegua, *Aforismos zoo-lógicos*)

Buenos Aires, 04 de octubre de 200-

Srta. Isabel Gracia C----:
Calle Ri-- Número 26-- Piso -

De mi consideración:

En mi carácter de letrado de la Sra. Mabel Ingracia C---, DNI 18.256.251, con quien su padre mantuviera relaciones extramatrimoniales (véase Acta de Divorcio AD. 345 # 45 in. 678 al 689 con f. de insc. 15/3/1969), me dirijo a usted a través de la presente para informarle que habiéndose detectado errores de forma y fondo y corrupción dolosa agravada por parentesco y connivencia profesional en los trámites de sucesión de su domicilio sito en la dirección arriba rubricada (legajo 45/56, Tomo 3ro, Nr. 2389 del año 1985) y constatándose asimismo ante escribano público (Decreto 34 Art. 14 que mod. ley 35890 del Código Civil) que la verdadera heredera del dicho inmueble es mi defendida, INTIMO a usted a abandonar el dicho inmueble en un plazo perentorio efectivo de CUARENTA Y OCHO HORAS bajo apercibimiento de que ante el rechazo, silencio o negativa a la presente y en virtud del evidente incumplimiento se procederá a hacer uso del ejercicio de las facultades "exceptio non adimpleti contractus" (Art. 1201 del Código Civil) reservándose el derecho a peticionar judicialmente lo solicitado y a hacer uso indiscriminado de la fuerza policial.

QUEDA UD. DEBIDAMENTE NOTIFICADA

Piso de abajo, 14 de septiembre

Sedentaria benzina:

Ayer por la noche, horas después de cepillarle los bajos de su puerta con el embalaje de una nueva encomienda, la escuché emitir, entre los redobles epilépticos de sus cascos herrados, un sonoro relincho, tan humano que hasta parecía una carcajada, a lo que de inmediato sospeché, llevado un poco por la intuición y otro tanto por esa forma más específica y tendenciosa de la intuición llamada *paranoia*, que dicho cacareo equino podía estar directamente relacionado con algún pasaje de mi epístola, y hete aquí que al reconsiderarla en la pantalla de mi computadora yo también tuve que reír (¿Me escuchó usted? ¿Me escucha usted en absoluto?) cuando llegué al punto en que respondo a sus imaginadas respuestas, acaso con vituperable coloquialismo, que "entonces bueno, qué quiere que le diga, para eso me mudo y punto". Le agradezco profundamente que haya sabido usted vencer la (imagino indomable) tentación de explotar ese momento de flaqueza argumentativa para dar inicio (y exitoso fin) a su porción de este trunco diálogo con un cortante "pues entonces múdese" y punto, y en ese espíritu de respeto mutuo paso con su venia a explicar por qué la mudanza constituye en mi opinión un falso recurso extremo, una solución no de última sino de primera ratio (de ahí tal vez la vulgaridad casi pueril con que me surgió expresarla), para lo que me permito recurrir, un poco al modo de los *enxemplos* medievales, pues no me negará que nuestro problema es de una simpleza preilustrada, al caso de mi amigo Antonio.

Antonio era un muchacho retraído y lacónico, de un sentido del humor yo diría que nihilista, cuando no decididamente trágico, a quien conocí hace unos años en un taller de escritura y del que me hice amigo, en primer lugar, porque era el único aparte de mí que nunca llegaba a terminar sus textos, y en segundo lugar porque sufría los ruidos como yo, cosa que naturalmente tardamos bastante en confesarnos ya que la sensibilidad, como usted bien sabe, no es la *virtud* de la que está mejor visto que se precie un varón. Recuerdo que al momento de conocerlo lo hostigaba un taller mecánico que se había instalado en los fondos de la casa donde vivía junto a su madre, intromisión infernal que tras un largo periodo de fingida indiferencia y venganzas contenidas él decidió enfrentar mudando su cama a la sala que daba a la calle, con tan mala suerte que al poco tiempo le instalaron un mercado de frutas sobre la vereda y ya no le quedó más opción que mudarse por completo.

Los cuatro años que yo me pasé en Alemania él se los pasó buscando la casa perfectamente silenciosa, *El techo*, como lo llamaba él, mientras que se veía obligado a ir cambiando de pensión por culpa precisamente de los ruidos: si no era la radio de una vecina era un circo que montaban en las inmediaciones, si no era el piano de los de arriba era el altavoz de una calesita o el bar que sacaba sus mesas a la calle, las banditas callejeras de chicos, los boliches bailables, los autos que se estacionaban sin detener el motor, los equipos de música, los televisores. Estos ruidos le provocaban dispepsia, trastornos en el sueño, accesos de ira y un dolor intolerable en el parietal izquierdo (el *alambre ardiente*, en sus palabras), lo que lentamente fue minando su poder de concentración y bajando su rendimiento en el trabajo, amén de dilatar cada vez más el momento de hacer justicia a sus –nuestras– aspiraciones literarias y escribir un libro, el gran libro que mutuamente nos prometimos tener listo antes de los 30.

En lugar de eso me escribía a mí con el detalle de sus penurias sonoras, y a vuelta de mail yo le relataba las mías, pues Alemania es un país *tan respetuoso del silencio como entusiasta de la música* y eso hace que invariablemente *uno de cada tres vecinos* toque algún instrumento, además de que el bienestar económico se traduce en un frenesí desmedido por las reparaciones y la limpieza llevadas a cabo de preferencia con máquinas extremadamente ruidosas, a lo que se suma que las sirenas son mucho más agudas, los equipos de música mucho más potentes y los borrachos (o sea la totalidad de la población, por turnos) mucho más gritones. Alternábamos esta lamentable competencia por ver quién sufría los peores ruidos con el debate enjundioso, casi le diría *académico*, acerca de cuál era la vivienda urbana acústicamente ideal para personas de recursos medios, yo defendía las casas, tal vez porque mi magra beca me tenía condenado a los departamentos, y Antonio defendía los departamentos, por la mala experiencia que había hecho en su casa, un debate con el que nos fuimos haciendo tan sutiles y eruditos en la evaluación y el descarte de viviendas según sus ruidos –tanto presentes como futuros, agazapados a su alrededor– que llegamos a jugar seriamente con la idea de ofrecernos como *asesores en temas de acústica* a inmobiliarias y compradores individuales; para matizar la angustia que en el fondo nos provocaban estos temas íbamos diseñando en paralelo el hogar realmente perfecto que construiríamos en las montañas cuando triunfáramos como escritores o, más verosímilmente, cuando ganáramos la lotería o resultáramos imprevistos herederos de algún rico pariente desconocido.

Mi vuelta al país coincidió con el hallazgo por parte de Antonio de su ansiado Techo, paradójicamente una casa, aunque el idilio no le duró más que unos días, como si lo hubieran estado esperando bastó que terminara de asentarse para que en los terrenos del fondo, vacíos hacía décadas, instalaran una comisaría, mientras que en el garaje de al lado, depósito hasta entonces de un auto antiguo que ya nadie usaba, se abría un taller de reparación de motocicletas. A esta altura Antonio ya lo había probado todo: hizo denuncias que no prosperaron, logró mediante contactos en la legislatura que el gobierno de la ciudad sancionara una ley en contra de los ruidos molestos que luego nunca nadie se preocupó de respetar, probó sin demasiado éxito todos los métodos de combate que ya le expuse y hasta creó un sistema de distorsión de radios y televisores, pero que sólo servía hasta cierta distancia. El alambre recrudeció su ardor, los médicos no le daban respuestas y Antonio concibió la idea de suicidarse los oídos, primero, y luego ya la de *matar a sangre fría* a los hacedores de ruidos, que eran en su opinión todos los seres humanos. "Hay un ruido que viene de las personas mismas, o de la convivencia, un ruido de guerra, destructor, *un instrumento de no dejar ser*", me dijo la última vez que lo vi, ya completamente ganado por la más atroz misantropía.

Acababa yo de adquirir mi hogar insuperable (un departamento, paradójicamente en mi caso también, será nomás que los humanos somos bichos de costumbres) cuando leí en el diario que Antonio, asumo que ya fuera de sus cabales, había prendido fuego al taller de motocicletas, al menos de eso lo habían acusado, ahora aguardaba el juicio en una cárcel de las afueras, donde al parecer había encontrado la tranquilidad para ponerse a trabajar en su libro, una autobiografía que será (esto no lo decían los diarios sino que lo digo yo) será sin lugar a dudas el mejor libro sobre el tópico jamás escrito.

Mientras tanto yo también he sufrido mi penoso desengaño. La vivienda que busqué con tanto escrúpulo y elegí según criterios que creía *científicamente infalibles* no tardó en ofrecerme amargos paralelos para todos los ruidos que aquejaban a Antonio y hasta para los que tuve que sufrir en Europa. Por eso no me mudo ni me mudaría aun si pudiera, porque así como no necesité hacerlo para conocer el martirio de Antonio, tampoco creo conveniente asumir ahora su estrategia de defensa si no quiero terminar como él, cosa con la que usted estará de acuerdo si no quiere, por su parte, que su departamento termine como el taller de motocicletas.

El ruido, al igual que la estupidez, la terquedad y el resentimiento, al igual que la infelicidad, el tedio, la egomanía, la inseguridad, la soledad, la tristeza, el miedo, la carencia afectiva, la maldad, el sadismo, la hijaputez; al igual que todos esos fenómenos *–que acaso no le sean ajenos–* el ruido es un mal ubicuo e ineludible, por lo que no se lo debe combatir mudándose hasta perderse sino quedándose quieto, como cuando ya se está perdido. Antonio se enfrentó a todos y acabó renunciando, de ahí que sólo enfrentándome a una única persona, *espejo y cifra de todos los ruidos irracionales del mundo*, tengo yo esperanzas de triunfar. Que sean los espíritus quienes muden, sedentaria vecina, que sean las almas quienes pacíficamente cambien de parecer antes de que los cuerpos se salgan de sus cabales y terminen provocando mudanzas violentas, dolorosas, *ajenas*.

En la esperanza de que el cambio baje desde arriba,
sube, si no, de abajo.

Pd.: Queda, claro, la posibilidad de que sea usted, mudable vecina, quien tome la decisión de cambiar de aire, tanto tiempo encallada en el mismo lugar no puede ser algo saludable, además de que esto de vivir unos encima de los otros es una perversión,

¿no cree? Váyase a vivir a una casita en las afueras, toda abuela tiene sus ahorritos y usted ni siquiera es abuela, así que tanto más debe tener, de paso se acerca a la tierra que en cualquier momento la alojará de forma definitiva.

Coghlan, 17/9

Barrial vecina:

Le decía en mi carta anterior, que siempre releo a destiempo –o a tiempo con su intencionada lectora, la que a todas luces no las lee y acaso se acuerde de hacerlo cuando ya sea *demasiado tarde*–, le decía en mi billete próximo pasado que en este departamento que procuré con tanta escrupulosidad y compré tan convencido de haber hecho la mejor operación inmobiliaria posible dentro de mis limitaciones económicas tuve muy rápidamente la desgracia de encontrar paralelos para todos los ruidos de los que se lamentaba mi amigo el silenciero y aun para los que yo le enumeraba en mis correos electrónicos desde Europa, mas, reflexionando acerca de esta dura sentencia, mientras espero su respuesta y siento cómo se van secando indefectiblemente mis últimas reservas de salud mental con cada latigazo sonoro de sus agujas pedestres, he venido a caer en la cuenta de que me equivoqué y que un solo día de prestar atención revela que los ruidos acá son muchos, muchísimos más. Preste atención:

Todo empieza a las ocho de la mañana, poco después de que usted alce con audible dificultad las chirriantes persianas de su departamento (no es un reproche, sé que no tiene la culpa de que el sistema de poleas sea apenas menos arcaico que su propia osamenta) y con la radio de la de abajo ya clavada en el noticioso a todo volumen (esa otra antigüedad tampoco tiene la culpa de ser sorda, ni aun de negarlo a los gritos si se lo hacen notar); todo tiene su inicio a eso de las ocho u ocho y cuarto, poco después de que los micros escolares se anuncien a los bocinazos y se queden esperando con la música bien alta a que otro berreante pasajerito se sume a la horda de los que aúllan en su interior, todo esto ya con nuestro ascensor haciendo temblar las paredes y la gente saliendo a los portazos y calentando durante largos minutos sus modernos automóviles de motores a inyección (esos que justamente no necesitan precalentarse, pensar que *generaciones y generaciones* de japoneses se han hecho el harakiri por mejorarnos la existencia vehicular y la señora del tercero sigue tratando su Honda Fit como si fuera un Renault 6); todo, pues, o digamos casi todo, empieza entonces más o menos a eso de las ocho, ocho y media de la mañana, con la portera que sale a limpiar la vereda, acompañada por las domésticas de todos los caserones que rodean a nuestro edificio, o seguida por ellas a intervalos regulares hasta bien entrada la mañana, meta lijar frenéticamente cada una con sus escobas bullangueras las baldosas de sus respectivos predios como si no volvieran a ensuciarse de nuevo al instante, salvo el desatino posterior de planchar ropa su rutina no debe incluir ninguna tarea más absurda que limpiar la vereda. Y esta ablución gratuita de un objeto hecho para estar sucio sería lo de menos si paralelamente a tan inútil quehacer, y dilatándolo más allá de lo necesario incluso en el caso de que él mismo fuese necesario, las barredoras no se demoraran en chismotear entre ellas a los gritos, lo que a su vez sería perdonable si, en lugar de discutir el estado del clima o el último crimen magnificado por la televisión, al menos estuvieran *conspirando* con el objetivo de romper sus cadenas y rescatarse del trabajo forzado (por lo indeseado pero ante todo por lo baldío) de expulsar a diario suciedades y arrugas del hábitat que les corresponde por naturaleza y al que con la misma naturalidad han de volver. Como el goteo constante de una canilla a un revolucionario devenido ecologista, tanto me angustia a mí este desperdicio de recursos humanos que por momentos siento ganas de hacer el trabajo sucio de la lucha de clases y avisarles a los respectivos señores en qué malgastan el tiempo sus esclavas a fin de que éstos las expulsen de sus ya lábiles puestos de trabajo y así, *agudizadas al máximo las contradicciones*, y aprovechando que están desempleadas y no tienen nada mejor en que ocuparse, el trabajo forzoso pase a ser para ellas el de dar inicio a la revolución que finalmente libere de sus amos a las sufridas siervas, y de los estériles ruidos que cotidianamente producen con sus servicios a todos los que lamentablemente no tenemos los medios para contratarlos.

Cuando termina el cepillado de las veredas le toca el turno al barrendero municipal, el que recoge las porquerías que las domésticas generosamente le acercaron hasta el cordón, y aunque en su caso la tarea sí es necesaria para que no se tapen las alcantarillas, y aunque es mucho mejor verla realizada por un ser humano que por los ruidosos camiones cisterna que conozco de Alemania y cuyas versiones más antiguas y ruidosas llegan a nuestro país como la gran novedad y van reemplazando malamente a los barrenderos de carne y hueso; aunque acepto lo uno y concedo lo otro, no llego en cambio a comprender por qué este gentilhombre tiene la necesidad de hacer su trabajo silbando. En general el silbido, que demás está decir no es patrimonio únicamente de nuestro amable barrendero sino que es un *vicio* al que adhieren muchos de los que pasan por acá, se ve –se escucha– que la circunstancia de transitar una calle sin tráfico automotor les inspira a nuestros solitarios transeúntes las más bucólicas perversiones, incluso hay uno que peregrina a veces reproduciendo a voz en cuello lo que le transmiten sus auriculares, para colmo en un inglés tan degradado que es como para echarle encima ollas de aceite hirviendo; en general el silbido y ya que estamos también el canto me parecen actividades de lo menos reprehensibles *dentro del ámbito privado*, ya en público me resultan fuera de lugar e incluso tan repugnantes como la masturbación, de la cual son en cierta forma una variante sonora, salvo tal vez en los casos en que persiguen fines por así decirlo artísticos, por ejemplo en una pieza pornográfica o una comedia musical, para lo que sin embargo cuentan con recintos específicos no por nada ubicados lejos de los barrios residenciales –y de los niños.

Más tarde, mientras la portera pasa la enceradora por el hall de recepción –al que se le pueden seguir cayendo pedazos de revoque por la humedad y fallándoles el sistema de iluminación cada vez que llueve pero que nunca podría pasarse *ni un día* sin que le enceren el piso durante media hora a fin de que brille *otra media hora*– más tarde llega el turno de los paseadores de perros, los que pasan de largo tironeando a los gritos de las riendas y los aún más molestos que se estacionan con su harén ladrador a recoger o entregar una mascota, aunque si debo ser sincero no sabría decir qué es lo que más me perturba de este fenómeno, si los desaforados gritos de los pobres animales o los inconexos ladridos que les lanzan constantemente sus *descerebradas niñeras*, quién sabe si porque para hacer bien su trabajo deben ponerse a la altura de su objeto o porque para ocuparse de las mascotas ajenas, vengan éstas en forma de bichos o de nenes, hay que ser ya de entrada *medio retardado*. Y si debo ser más sincero aún déjeme decirle que escuchar a estos muchachones harapientos hablándoles de igual a igual a los canes no sólo me irrita acústicamente sino que *me hace temer por el futuro de nuestro país*, lo cual me distrae de mis cavilaciones literarias hacia preguntas de higienística que no me interesan ni me incumben, por ejemplo la pregunta de si a los paseadores habría que esterilizarlos igual que a sus perros, o al menos bañarlos con mayor frecuencia, un problema de reminiscencias morales que preferiría no tener que plantearme para no despertar al enano fascista, al Schopenhauer* que todos llevamos dentro.

A esta altura de la jornada, mientras de lejos ya nos acuden los infaltables martilleos de las construcciones, porque siempre hay algo que construir o algo que destruir, algo que fragmentar a golpes o algo que unir a golpes, y está bien que así sea, si el hombre se conformara con lo que tiene todavía seguiría viviendo en cavernas sin cable ni Internet; para este momento del día y mientras de la avenida nos visitan las erupciones de los caños de escape acompañadas de los chirridos de las gomas y los pitidos de los motores a turbina, los silbidos de los frenos a disco y los chiflidos de los frenos a aire, las bocinas de los nerviosos y las sirenas de los urgidos y adelante el traqueteo del tren y arriba el bufido de los aviones; instalados ya en pleno *allegro* de la sinfonía citadina aparecen los camiones de soda a ronronearnos cual gatos en celo con sus motores espasmódicos (salvo Francisco, nuestro mutuo proveedor, que tiene la delicadeza de apagarlo), las furgonetas chatarreras anunciando por sus megáfonos circenses que compran heladera lavarropa cocina puerta ventana bronce hierro todo (me pregunto si aceptarán canjes y en tal caso qué debo darles a cambio de sus altavoces) y las batatas móviles de los jardineros (que antes se arreglaban con una pala y unas tijeras pero que hoy no pueden ni regar una planta de interior sin sus aparatosas máquinas de cortar el pasto, sus temibles bordeadoras y sus asesinas sopladoras de hojas). Hay un tiempo de plantar y un tiempo de cosechar, dice la *Biblia*, pero por lo oído estos vehículos no transportan a personas creyentes ya que aparecen y desaparecen sin orden ni concierto cuando se les da la gana, y la gana se les da especialmente cuando el otro ya se fue o aún no ha venido, interrumpiendo *en cadena* la paz de la cuadra como parientes que se turnan junto a un enfermo que lo único que quiere es que lo dejen solo con Dios y la *Biblia*.

Otro tanto, y mientras tanto, ocurre con las alarmas de los automóviles, pues no sé si usted ha notado que también ellas tienen la curiosa costumbre de nunca sonar de a dos, siempre es *una* la que chilla durante un rato para luego callarse y dejar que *otra* chille un rato más, respetuosa conversación que una vez iniciada puede extenderse a lo largo de todo el día pero que con un poco de viento a favor (o de lado) se acaba al par de horas. Lo más irritante de las alarmas, entre las que sería injusto no contabilizar las de las casas, que si bien no suenan tan a menudo cuando lo hacen logran acallar hasta la bocina del tren; lo más irritante de estos pedidos electroacústicos de atención, además de que nadie se las presta, empezando por quienes tienen la llave o la clave para apagarlas; lo más irritante es que podremos discutir quién de nosotros, llegado el caso, estaría dispuesto a poner en peligro su vida para salvar la de un prójimo, pero si de algo podemos estar seguros es de que *nadie* va a arriesgar siquiera un resfrío por acudir en ayuda de un auto o una casa que no le pertenecen. No conozco ni conozco a nadie que conozca un solo caso en que estos llamados de auxilio, por lo general tan falsos como los del pastor de la fábula aunque con la diferencia de que acá ni siquiera es necesario que al final llegue el lobo, lo que deja al pastor con vida pero a nosotros *sin moraleja*; no conozco ni conozco a nadie que conozca a alguien que conozca un episodio en que estos pedidos de ayuda hayan salvado un bien de ser hurtado o invadido, ni porque lograron convocar a tiempo la presencia de los vecinos o de la ley, ni muchos menos porque ahuyentaron a los amigos de lo ajeno, pues si está probado que la pena de muerte no disminuye la delincuencia qué falta hace discutir las chances de hacerlo que tiene una alarma, al menos para mí lo que está más que probado es que las alarmas son tan inútiles como el chiflido de aviso que emiten al encenderse y al apagarse y que para lo único que tal vez sirven es para alimentar el *narcisismo sonoro* de sus pusilánimes dueños.

Por la tarde, mientras que puertas adentro el ascensor vuelve a subir y bajar solícitamente y la gente ventila las frustraciones de la jornada por los pasillos o encaramada a sus balcones, modestos jardines colgantes de nuestras babilonias, de los que a su vez suelen colgar molestos colgantes sonoros; por la tarde y mientras los de inclinaciones más artísticas les arrancan a sus guitarras eléctricas armonías para los que nuestros oídos aún no están preparados y los de inclinaciones más intelectuales ponen a todo volumen los televisores para no perderse ni una sola de sus instructivas palabras, por la tarde y mientras todo esto ocurre puertas adentro empiezan afuera del edificio a zumbar, cual mosquitos a la puesta del sol, los ciclomotores que reparten alimentos a domicilio, esa *malaria* de insectos mecánicos cuyos sistemas de propulsión, de vigor sonoro inversamente proporcional al motor, nos acercan junto con el chau-fan o el pollo tandoori ese aspecto acústico no menos indigerible de la cultura asiática.

Finalmente, y cerrando de modo simbólico *el concierto urbano*, que de todas formas siempre acaba prolongándose un poco más con el *canon* disonante de los televisores y la música de alguna fiesta a la que preferiríamos no estar invitados *ni de lejos*; por último, y como cierre *a toda orquesta* de una jornada que igual ofrece a modo de *bis* grupos de jóvenes vociferantes que rumbean hacia las discotecas y borrachos solitarios que vuelven de las mismas hablando en voz alta consigo mismos; clausurando entonces la atención diurna, aunque claro que no sin dejar en funciones y a modo digamos de guardia nocturna las alarmas, las sirenas, las bocinas, los trenes y los aviones para todos aquellos que quieren despertarse en una ciudad que nunca duerme y en desmedro de todos los que preferiríamos *dormirnos en una ciudad que se olvide de despertar*; a retaguardia, decía, del carnaval diurno, y un poco a modo de bomba de estruendo que le pone festivo final, llega el camión de la basura, nunca antes de las dos de la mañana como para asegurarse de que todos ya estén durmiendo, y con la infalible puntualidad con que los mingitorios suelen rociarnos justo cuando le estamos ofrendando un orín, la estruendosa compresora tiende a activarse justo enfrente de nuestro edificio, quedándose así con el dudoso honor de generar, porque el que grita último grita mejor, el ruido más fuerte de todo el día.

Pero no se alarme, ambiciosa vecina: el premio máximo no le corresponde al ruido más potente sino al más *constante, irracional e insalubre*, y ese galardón se lo llevan de forma indiscutible, aun teniendo en cuenta la lista anterior, en la que puede faltar alguien pero de seguro que *no sobra ninguno*, sus zapatos. Por qué justo ellos, se preguntará usted con elegante humildad al agradecer la estatuilla entre hipos y lágrimas de emoción, por qué los zapatos de *esta vieja amarga y acabada* habiendo tantos otros ruidos de jóvenes entusiastas y talentosos, dirá usted, a lo que el jurado le responde que porque es el único ruido que parece hecho sólo para molestar, en términos generales, y particularmente para molestar al jurado mismo. Pues yo, aunque quizá lo disimule, no soy un hombre que se opone al progreso, un retrógrado decimonónico que se regocija en pintar con tonos asonantes y disfóricos el bullicio de la vida moderna, para nada; si le enumeré todos estos ruidos no fue para quejarme de ellos como me quejo del suyo ni para que el suyo se confunda en el número de aquéllos sino, muy por el contrario, para enfatizar que prefiero mil veces morir entre todo ese aleatorio bochinche citadino que vivir bajo el que inconmoviblemente produce usted.

Apremiado,
el jurado.

* Kant escribió un tratado sobre las fuerzas vivas, yo en cambio quisiera escribir sobre las mismas una nenia y una trenodia, pues su uso harto más frecuente para golpear, martillar y aparearse han hecho de mi vida entera un suplicio diario. Sin embargo hay perso-

nas, y muchas, que sonríen, porque son insensibles al ruido: pero se trata precisamente de *aquellos que son insensibles también a las razones, a los pensamientos, a los poemas y obras de arte, en una palabra, a las impresiones espirituales de cualquier tipo, debido a la composición resistente y a la textura firme de su masa cerebral.* Por el contrario, encuentro quejas sobre el suplicio que causa el ruido a las *personas pensantes* en las biografías de casi todos los grandes escritores, como por ejemplo Kant**, Goethe***, Lichtenberg****, Tucholsky*****,

---

** (Carta de Immanuel Kant al alcalde de la ciudad de Königsberg y director de la policía, con motivo de los ruidos molestos emitidos por los presidiarios de una cárcel cercana al cantar misa, Königberg, 9 de julio de 1784): Su Excelencia sea tan amable de querer remediar las quejas de los vecinos de Schloßgraben por las estentóreas misas de los hipócritas en la cárcel. No creo que vayan a tener motivos para lamentarse, como si la curación de sus almas estuviera en peligro, si sus voces al cantar se moderaran de tal forma que ellos se pudieran escuchar a sí mismos con las ventanas cerradas (sin necesidad, pues, de gritar con todas sus fuerzas). El certificado de buena conducta del celador, que es probablemente lo que en realidad parece importarles, como si fueran personas muy temerosas de Dios, podrían recibirlo de todas formas, pues el celador llegará a oírlos, y en el fondo sólo se los bajará al tono con el que los habitantes piadosos de nuestra buena ciudad se sienten lo suficientemente despiertos. Una palabra a los celadores, si quiere usted llamarlos e imponerles lo expuesto como una regla permanente, pondrá remedio a este abuso para siempre, y dispensará de una incomodidad a aquel cuyo retiro usted amablemente se ha esforzado varias veces por fomentar y que en todo momento con la mayor reverencia es a Su Excelencia su más fiel servidor, I. Kant

*** "A todo noble oído/ le repugna de las campanas el ruido" (Goethe, *Fausto*)

**** Soy extraordinariamente sensible a todo estruendo, que recién pierde por completo su mala impresión cuando se lo relaciona con un fin razonable. (Lichtenberg, *Noticias y apuntes de y sobre mí mismo*).

***** Los ruidos colectivos apenas si molestan, pero el insolente ruido aislado queda prendido al oído, porque obliga a participar en un ritmo de vida ajeno. Un pizpireta toca la bocina quince minutos frente a su casa: yo espero con él. La señorita Lieschen Wendriner "practica" algo que nunca aprenderá (tocar el piano): yo practico con ella... Anhelo el silencio. Estar callado no significa enmudecer. Dios mío, dame el cielo de la ausencia de ruido. Al alboroto lo produzco yo mismo. (*Kurt Tucholsky, La sonrisa de la Mona Lisa*)

Frisch****** ... Me lo explico así: como un gran diamante cortado en pedazos sólo equivale en valor a esos fragmentos pequeños; o como un ejército que cuando se dispersa, es decir cuando se disgrega en pequeñas cuadrillas, ya no es capaz de nada; del mismo modo *un gran espíritu* no logra más que uno normal ni bien es interrumpido, perturbado, distraído, desviado; porque su *supe-*

****** De nuevo el piano mal tocado de al lado.

Kürmann: ¿Es necesario?

Registrador: Es la escuela de ballet. Otoño del 59. Recordará: al lado hay una escuela de ballet. Lamentablemente dejan siempre las ventanas abiertas.

Repetición de los mismos compases, se agrega la voz de un profesor de ballet, luego silencio.

K: ¿Y esto cada día?

R: Menos domingos y feriados.

K: Pero es algo insoportable.

R: Usted lo soportó.

K: Usted dice que puedo elegir...

R: Los otros también. No está solo en el mundo, señor Kürmann, y ahora ellos acaban de alquilar la casa vecina, Klettenhof 18, para poner aquí su escuela de ballet. Son cosas que pasan. Si no lo soporta, ¿por qué no elige otro departamento?

K: ¿Y qué hay ahí?

R: Se verá.

K: Quizá una motosierra.

R: Es posible.

K: O el tren. O el tintineo de las campanas. O el pasillo aéreo del aeropuerto...

Se escucha un ruido pérfido.

R: Esa sería la motosierra.

K: ¡Acabe con eso!

R: Como usted quiera.

Se escucha otro ruido.

K: ¿Y eso qué es?

R: Un jardín de infantes.

K. menea la cabeza.

R: Usted elige.

De nuevo el piano mal tocado de al lado, los mismos compases que se interrumpen, se agrega la voz del profesor de ballet, repetición, luego silencio.

R: Se queda entonces en este departamento.

(Max Frisch, *Biografía: un juego*)

rioridad deriva de concentrar todas sus fuerzas, como un espejo cóncavo todos sus rayos, en un punto y objeto, que es lo que precisamente le impide la *interrupción ruidosa*. Es por eso que los *espíritus eminentes* siempre han sido tan *extremamente enemigos de cualquier molestia*, interrupción o distracción, sobre todo la violenta producida por el ruido, mientras que a los otros no les inquieta especialmente. La más sensata e ingeniosa de todas las naciones europeas ha llamado a la regla *never interrupt* –no debes nunca interrumpir– el onceno mandamiento. *El ruido es la más impertinente de todas las interrupciones*, porque interrumpe e incluso destroza hasta nuestros propios pensamientos. *Pero donde no hay nada que interrumpir, es natural que no sea percibido como algo extraño*. (A veces me tortura y molesta un ruido moderado y continuo por un rato antes de que tome conciencia de él, lo siento como un entorpecimiento constante de mi pensar, como un bloque en los pies, hasta que me doy cuenta de lo que es).

Ahora bien, pasando del *genus* a la *species*, tengo que denunciar como al más irresponsable e infame de los ruidos el chasquido verdaderamente infernal de los látigos en los retumbantes callejones de la ciudad. Este estallido repentino, agudo, *tronchador de cerebros y asesino de pensamientos* tiene que provocarle dolor a cualquiera que *transporte en su cabeza algo aunque más no sea parecido a un pensamiento*: cada uno de estos estallidos debe molestar por eso a cientos en sus tareas intelectuales, por muy bajo que sea su género; pero en el caso del pensador atraviesa sus meditaciones de forma tan dolorosa y mortífera como la espada del verdugo entre cabeza y tronco. Por otra parte, hay que tener en cuenta que estos malditos latigazos no sólo son *innecesarios*, sino incluso *inútiles*. El efecto psicológico que se procura generar en los caballos a través de éstos se ve, por la costumbre que ha causado el abuso incesante de la cuestión, completamente embotado y no se produce: ellos no aceleran su paso, como se puede ver especialmente con los coches de alquiler vacíos o en busca de clientes que, viajando a paso lentísimo, chasquean constantemente: el roce más silencioso con el látigo hace mayor efecto. La cosa se presenta así como una *mofa desvergonzada* de la parte de la sociedad que trabaja con los brazos contra la que trabaja con la cabeza. Que una infamia semejante sea tolerada en las ciudades es *una gran barbarie* y una injusticia; sobre todo porque es muy fácil de erradicar, mediante la prescripción policial de un nudo al final de cada cuerda de látigo. No puede hacer daño llamarles la atención a los proletarios acerca del trabajo intelectual de las clases que se encuentran encima de la suya: porque ellos le tienen un miedo desenfrenado a todo trabajo intelectual. Un tipo que chasquea constantemente y a más no poder con su látigo de una braza de largo mientras cabalga por los angostos callejones de la ciudad sobre un caballo postal vacío o sobre una carreta merece desmontar al instante para recibir *cinco bienintencionados palazos*, de lo contrario no me van a convencer todos los filántropos del mundo, junto con las asambleas legislativas que están, con buenos argumentos, por la abolición de todos los castigos físicos. En esta *ternura tan generalizada* para con el cuerpo y todas sus satisfacciones, ¿ha de ser el *espíritu pensante* el único que jamás experimente la más nimia consideración ni protección, por no hablar de respeto?

(Arthur Schopenhauer, capítulo 30 del segundo libro de las *Parerga y Paralipomena*, curiosamente titulado *Über Lärm und Geräusch*, es decir *Sobre el ruido y el ruido*, pues al igual que los esquimales para el color blanco, los alemanes tienen muchas palabras para el ruido, en cambio nosotros, como buenos descendientes de españoles, gracias que tenemos un vocablo para ese fenómeno tan arraigado a nuestra cultura que se confunde con ella hasta casi desplazarla.)

Abajo, 23 de septiembre

Rutinaria vecina:

Ya que entramos en el terreno de las citas más o menos extensas, permítame prologar la contracara interior de mi carta anterior transcribiendo con algún detalle el relato "Un rey escucha" de Italo Calvino, donde se reflexiona sobre la vida de un monarca que, confinado a la sala del palacio donde está emplazado su trono, se reduce a percibir el mundo mediante el sentido de la audición.

Los días son para ti un sucederse de sonidos –dice el texto, que le habla directamente al rey, como una carta–, *unas veces claros, otras casi imperceptibles; has aprendido a distinguirlos, a evaluar la procedencia y la distancia... Si tu palacio permanece para ti desconocido e incognoscible, puedes intentar reconstruirlo parte por parte, situando cada pisada, cada acceso de tos en un punto del espacio, imaginando alrededor de cada signo sonoro paredes, techos, pisos, dando forma al vacío en el que se propagan los ruidos y a los obstáculos con los cuales chocan, dejando que sean los sonidos mismos quienes sugieran las imágenes. Un tintineo argentino no es sólo una cucharita que ha caído de la bandeja en donde hacía equilibrio sino también la punta de una mesa cubierta por un mantel de lino con un borde de encaje, iluminado por una alta vidriera sobre la cual cuelgan ramos de glicinas; un ruido sordo y suave no es sólo un gato que ha saltado sobre un ratón sino que viene de un sucucho húmedo de moho, cerrado por tablas erizadas de clavos. El palacio es una construcción sonora. ¿Hay una historia que vincula un ruido con otro?*

Salvando las distancias, porque ni yo soy rey ni esto es un palacio, también su departamento es para mí una construcción sonora, una caja de resonancia hecha de ruidos más o menos distinguibles, y así como en mi carta antepasada esbocé un jornal acústico del edificio, así supuse, releyéndola, que no menos provechoso sería favorecerla, a fin de que *internalice* hasta qué punto repercuten en estos hondos bajos fondos los elevados movimientos de su alteza, con un breve *diario auditivo* de la rutina en la que usted incurre día a día con kantiana rigidez, salvando de nuevo las distancias, pues la hora diaria que el teutón se tomaba para caminar por Königsberg usted, que no se detiene un minuto, la dedica en cambio, y a veces ni siquiera, para darse y darme un respiro.

Todo empieza a eso de las siete y media de la mañana, cuando usted alza con audible dificultad las chirriantes persianas de su departamento (no es un reproche, sé que no tiene la culpa de que el sistema de poleas sea apenas menos arcaico que su propia osamenta –esto ya se lo dije, y se lo debería repetir todos los días todos los días *todos los días* para que lo entienda cabalmente–); el viejo y pesado telón se alza entonces a eso de las siete y media de la mañana y lo primero que oímos en escena es un chorro cayendo sobre líquido estancado, un chorro por cierto tan largo y potente que nos invita a inferir que, pese a lo avanzada que anda en años, sus riñones funcionan de lo más bien, y que por ende no es verosímil que vaya usted a morirse –no al menos de eso– en un plazo *razonable* de tres o cuatro días.

El próximo incidente acústico (de su pieza a la sala y de ésta al baño no la oigo desplazarse, lo que indica con *muda elocuencia* que cuenta usted con algún tipo de calzado insonoro y que por lo tanto, como quien busca unos anteojos que tiene puestos, se niega a ponerse algo que ya encontró), el siguiente evento musical del que estoy condenado a ser *involuntario oidor* es una serie de breves crujidos que corresponden, asumo, al momento de hacer la cama, que supongo de madera liviana y nunca muy deshecha, a juzgar por la facilidad con que la empuja de un lado al otro y por la rapidez con que logra dejarla lista para otra noche de soledad y desamor.

Aunque todos los días rezo para que decida no sacarse las pantuflas o al menos se olvide de hacerlo, para que se entregue con mayor o menor conciencia de ello al largo, eterno descanso dominical que *bien merecida* se tiene una existencia enteramente sacrificada al pitagorismo de oficina; aunque elevo a diario mi desesperada oración a Dios para que todo vuelva a ser como antes, para que usted vuelva a sus zapatos de goma blanda y yo vuelva a mi acostumbrado agnosticismo, una vana esperanza que más es lo que me da de ansiedad que lo que me quita de angustia, al igual que los intervalos de silencio que acaban siendo más tortuosos que el ruido mismo porque me recuerdan que *el silencio existe* y porque, ni bien los empecé a disfrutar, terminan; aunque rezo y rezo y rezo, tras unos minutos de bisagras mal aceitadas y de cajones rebotando contra las cajoneras usted termina de vestirse y se calza los zapatos que de ahí en más me anunciarán todos sus movimientos como a un policía la tobillera satelital de un preso domiciliario, con la diferencia de que yo no quiero vigilarla sino más bien facilitarle e incluso *alentarla* a la fuga.

(Me pregunto para qué se viste una persona que no sale casi nunca y muy rara vez recibe a alguien. Me pregunto si se viste para verse a sí misma, por puro onanismo indumentario, o si se viste para *no* verse a sí misma, por puro miedo a descubrir que ya no tiene por qué vestirse, por qué levantarse de la cama, por qué existir. También me pregunto si se maquilla.)

Una vez que, cual vaca a la que le han colgado el cencerro, comienza usted a pastorear por su casa, la mía deja prácticamente de existir, ya que el peso sonoro de sus *pezuñas cantoras* aplasta el techo contra el piso y esto acaba siendo un concierto para piano de cuatro teclas (el dormitorio, la sala, la cocina y el baño) oído desde la perspectiva *privilegiada* de las teclas mismas. Si bien el ritmo de esta pieza musical es parejamente exaltado, un *andante* con fuerte tendencia al *allegro vivace*, cuando usted cocina toma ímpetus de *furioso*, como si constantemente tuviera que correr a rescatar algo que se le está rebalsando o quemando, y cuando habla por teléfono se acelera hasta convertirse ya en un frenético *scherzo animato*, como si llamara usted a una línea erótica y sus pasos se acoplaran al excitado latir de su menopáusico corazón (en realidad habla con su hermana, el único miembro de su familia que parece estar vivo o que todavía le dirige la palabra, y a veces también con una ex compañera de trabajo, Adela si el oído no me engaña, que la pone al tanto de los últimos chismes de su ex empresa, una fábrica de rulemanes si oigo bien, y por desgracia oigo demasiado bien).

Lunes, miércoles y viernes pasa usted la escoba, primero por el dormitorio, luego por la sala y finalmente por la cocina, siempre en el sentido de las agujas del reloj a juzgar por los golpecitos que va dando contra los zócalos, mientras que martes, jueves y sábados, por su lado, es el turno de la aspiradora, que debe tener una potencia similar a las motitos de reparto a domicilio, es decir casi nula, a juzgar por la batahola infernal que produce. Reflexionado acerca de qué clase de mugre puede almacenarse con la suficiente premura como para justificar la limpieza diaria de un departamento ubicado sobre una calle sin tráfico y habitado por una persona que ni tiene animales domésticos ni acostumbra recibir visitas (el flagelo más aberrante e inhumano que asesta el ruido ajeno no es tanto el de interrumpir el pensamiento propio sino el de redirigirlo hacia el ruido mismo, primero para localizar su procedencia y así poner coto a la ansiedad suplementaria que nos produce *lo desconocido*, luego para encontrarle una justificación a su potencia o a su constancia y así calmar la exasperación que nos produce *lo ya conocido*, y por último para pergeñar formas de amortiguarlo o en el mejor de los casos de eliminarlo por completo, al ruido mismo en principio o *en su defecto* a su desconsiderado productor); aplicando, pues, mi pensamiento a esta basura, se me ocurrió que deben ser sus propios pasos los que despiden un polvillo imperceptible, apenas menos volátil que la contaminación sonora que acompañan, su *eco material* por así decirlo, polvillo que con el transcurrir de la jornada se va acumulando en todos los rincones de la casa para que usted pueda entretenerse al otro día en quitarlo, mientras que de paso lo vuelve alegremente a generar.

En qué oscuros quehaceres malgasta usted el resto de su peripatética jornada es para mí tan misterioso como la función del apéndice, enigma fútil si los hay que nunca me interesó conocer ni mucho menos me interesa ahora resolver pero del que quiera o no me veo urgido a hacerme cargo como de una apendicitis (que bien sabemos sólo se cura con la *erradicación violenta* del órgano inflamado). Igual que cuando me subo a un medio de transporte público demasiado lleno para la hora en que suelo tomarlo y no puedo dejar de preguntarme adónde va toda esa gente, no porque me interese saberlo sino por ventilar mi disgusto al no encontrar un asiento libre, de la misma forma me resulta imposible no preguntarme *día a día* adónde mierda va usted dentro de su departamento, qué actividad humana o digamos animal o en líneas generales *biótica* puede dar cuenta en términos *más o menos* razonables de tanto desquiciado ir y venir en un espacio diseñado para sencillamente estar (desde ya queda hecho el ofrecimiento de obsequiarle un caminador, o si usted lo prefiere una rueda de hámster, y no se excuse diciendo que los paseos son para limpiar los muebles, las vitrinas, las copas, la platería, las vasijas y todo lo limpiable que contenga su roñosa pocilga porque no le pedí una explicación verdadera ni aun plausible sino una explicación *razonable*, de esas que usted no debe poder dar ni para su propia existencia).

Lo único que vuelvo a saber con certeza es que a eso de las nueve de la noche se quita usted los zapatos, horario en que no dudaría en ponerme el despertador para comenzar con mi rutina escrituraria si no fuera yo un ser netamente diurno, pues desde ese momento y hasta el orín del día siguiente usted *deja de existir*, se convierte en el fantasma que tanto teme ser y que en cierta forma debería ser y que en realidad y mal que le pese *es*. El eco de sus pasos continúa de todas formas reverberando en mi agotado cerebro hasta el momento en que me acuesto yo también a dormir, como una tanda publicitaria o el estribillo de una canción de moda creo escucharlo dentro de las películas que miro en la televisión o en medio de los conciertos que escucho con mis auriculares (¡ni siquiera si pudiera trabajar con música, es decir si la música me fuera indiferente, dejaría de escucharlo!), y tampoco son raras las veces en que irrumpe en pleno sueño y me despierta. Porque permítame informarle que el ruido *no se acaba cuando cesa* de existir físicamente sino que repercute en el recuerdo y en el terror de que se repita, en eso poco se distingue de otras *torturas* más dolorosas, y no creo exagerar si afirmo que este ruido ficticio puede ser *peor* que el verdadero desde el momento en que el cuerpo sabe defenderse de un ataque real y foráneo, por ejemplo embotando los oídos o haciendo directamente que las manos los tapen, pero no tiene armas para enfrentar a un adversario irreal, y para colmo propio. Con esto quiero decir que de la misma forma que sus desplazamientos constantes generan la sensación de que está caminando por todos lados al mismo tiempo (de nada me sirve por eso ir cambiándome de lugar dentro de mi casa, ni tampoco de mucho quedarme quieto) también la monótona cadencia de sus tacos se sobrevive a sí misma, de modo que a la *ubicuidad* geográfica se le suma entonces la temporal.

Esta caprichosa omnipresencia fue lo que desfiguró mi percepción de todos sus otros ruidos, pues hasta el día en que se cambió los zapatos su meo matinal me causaba el mismo cariño que un pedito de bebé, el izado de las persianas me despertaba deseos de ayudarla o al menos de recomendarle que no hiciera fuerza con la cintura sino siempre con las piernas y los golpes en el suelo se me antojaban provenientes de un hermoso gato juguetón que tiraba cositas en reclamo de caricias, mientras que desde aquel día fatídico en que empecé a oír sus taconeos cada uno de esos ruidos normales se me tornó odioso porque venía acompañado de aquel otro que *nada tiene de normal ni aun de admisible*, su meo me produce náuseas, las persianas me despiertan las fantasías más oscuras de músculos desgarrados y columnas rotas y por cada golpe en el suelo su árbol genealógico gana un pariente de dudosa reputación. Con el mismo cariño de antes volvería yo a escucharla mear y alzar persianas y limpiar cada diente de cada tenedor si lo hiciera con otro calzado, y nada me haría más feliz que saberla jovial y enérgica por muchos años más *si no invirtiera usted toda esa salud en enfermar a quienes la rodean.*

Suyo, tristemente suyo,
el oidor.

Pd.: Usted contó en la última reunión de consorcio que su padre compró el departamento cuando el edificio aún era un pozo en la tierra, lo cual quiere decir que conoce al arquitecto. ¿Me revelaría su nombre? Quisiera ir a escupirle la tumba, si es que ha muerto, o a cavársela, si es que todavía no.

Hoy, ayer, mañana, todos los días

It(in)erante vecina:

Reflexionando acerca de la repetición textual como reflejo de la repetición material a la que hice fugaz alusión en mi epístola anterior se me ocurrió que no había mejor forma de plasmar sobre el papel el descomunal poder de enervación que tienen sus zapateos que asentando sencillamente que ahora usted golpea el piso, ahora usted golpea el piso, ahora usted golpea el piso.

Ahora usted golpea el piso, ahora usted golpea el piso, ahora usted golpea el piso, ahora usted golpea el piso, *ahora usted golpea el piso*, ahora usted golpea el piso, *ahora usted golpea el piso*, ahora usted golpea el piso, *ahora* usted golpea el piso, ahora usted golpea el piso, ahora *usted* golpea el piso, ahora usted golpea el piso, ahora usted *golpea* el piso, ahora usted golpea el piso, ahora usted golpea el piso, ahora usted golpea *el piso*.

Ahora usted golpea el piso, ahora usted golpea el piso.

Da capo.

A todos los conscorscistas: habiendo contratado un equipo de especialistas y efetuando los mismo un escrupuloso relvelamiento edilcicio del ingmueble cito en la calle Ri-- Número 26-- y descubriéndose severas fayas de estrutura en lo mismo tales a saberse como ragaduras y humedades SE SOLISITA A TODOS LOS PROPIECTARIOS NO UTILIZAR ZAPATOS NI ZAPATILLAS DE TACO DURO Y/O DURO pues lo mismos podrían ocasionar grietas en la estrutura gral. del sitado immueble provocando la caída del mismo y muriendo muchos inocentes.

Atte., La Admínistración

Abajo, muy abajo

Floreada vecina:

No acabo casi de despertarme y ya me pongo apresuradamente a tipear porque esta noche he tenido un sueño espantoso, de esos que uno se niega a creer que hayan surgido de la propia imaginación ni aceptaría jamás como mensajeros de *deseos* ocultos a la conciencia, una de esas fantasías oníricas de las que nos sentimos tan ajenos como un marinero de una prostituta portuaria pero de las que sin embargo y *mal que nos pese* somos tan responsables como ese marinero del inesperado embarazo de la meretriz: soñé, vecina, que *la mandaba matar*. ¿Puede usted creerlo? Fue un sueño extenso y de barroco detallismo en el que yo, anoréxico de la angustia, entregado por completo al alcohol, contrataba por dos mil pesos (más viáticos y estadía) a un par de sicarios colombianos, Arnaldo Caleño Jaqueca Amachaconda alias *Machete Alegre* y Sabaraglio Wilfredo Plagiado de las Sierras alias *El Horticultor*, para que se encargaran de asesinarla de la forma más *lenta y dolorosa* posible, aunque sin violación previa (esto último no por piedad de mi parte, creo que sería ético aclarar, sino por estrictas razones de presupuesto, pues para anteponer dicha entrada a su menú estos carniceros, al fin y al cabo hombres ellos también, con sus barreras morales y sus pruritos sanitarios, me exigían, luego de preguntarme su edad y de pedirme una breve descripción física de su persona, el triple de dinero). Al gran evento yo sólo pude haberlo seguido con el oído desde acá abajo, pero en el sueño fue como si hubiera visto con mis propios ojos cómo Machete Alegre y El Horticultor entraban por la noche a su casa, la amordazaban contra la cama y procedían a *rebanarle* uno a uno los dedos de los pies, luego le quebraban los tobillos, las canillas y las rótulas, pasaban más tarde a partirle *a mazazos* la cadera y a quemarle con colillas los pezones, por último le hacían saltar los globos oculares con sus ganzúas y, ya cerrando el trabajo, la decapitaban *parsimoniosamente* con un abrecartas sin filo. Pero la verdadera creatividad de estos recomendables artistas (¿sabe usted los conocimientos de anatomía que es necesario poseer para ir matando a una persona *sin que pierda la conciencia hasta último momento*?) se manifestaba recién *a posteriori*, cuando lamentablemente la interfecta, en este caso usted, ya no estaba en condiciones de apreciarla, pues una vez extirpado el cráneo hacían lo propio con todos sus miembros y se los encajaban dentro del cuello como un ramo de flores, de hecho *El florero* era precisamente el nombre que recibía en el argot de la guerrilla ese ikebana humano, según me explicó luego El Horticultor, que debía ese alias a su oficio previo (cafisho) y era de los dos el que más dientes tenía (3). Del final del sueño no recuerdo ninguna imagen específica, sólo un profundo, *bellísimo silencio*, y el sentimiento de infinita libertad y honda satisfacción con que desperté hace unos momentos y del que, tras recapacitar sobre su origen, no puedo más que avergonzarme. Porque no quiero que me malinterprete, hermenéutica vecina: si me atropello en contarle este sueño espeluznante, capaz de amedrentar al más guapo o a *la más testaruda*, no es a modo de amenaza sino en el sincero anhelo de compartir con usted mi sorpresa e indignación a fin de que juntos arbitremos los medios para que yo no vuelva a tener sueños semejantes ni se me ocurra algún día, o alguna noche, hacerlos realidad.

Adormecidamente,
el soñador.

Adenda vespertina:

A punto ya de hundirme en otra noche de fantasías sanguinarias y con los nervios destrozados tras un día más de prestar oído al *absurdo* ir y venir dentro de su departamento, que es casi como si fuera mío de tan pendiente que me veo obligado a estar de él, creo que empiezo lentamente a deducir las razones por las que soñé que la mandaba matar y hasta me animaría a decir, con todo respeto, que me parece un sueño lógico, casi *perentorio*, en todo caso defendible y justo, incluso si lo tuviera (si lo tengo) estando despierto. Porque dicen que no hay que desearle la muerte al prójimo, pero yo como ateo no tengo por qué atenerme a esa preceptiva, que por lo demás se asienta en la errónea superstición de que un deseo es equivalente a su cumplimiento, cuando lo estimulante del mismo es casi siempre su incapacidad de verse realizado, además de que quien quiebra aquí dicho decreto es en todo caso usted, cristiana vecina, o explíqueme qué es caminarle sobre la cabeza a un semejante sino ir *matándolo poco a poco*, como quien lo desea y lo goza. Y no me venga con que Dios nos da la vida y nadie tiene derecho a quitárnosla porque entonces yo le tendría que recordar que *Dios nos da también el silencio* y nadie es quién para privarnos de él, en vez de llevarme la contra debería usted tomarse el asunto de forma positiva y entender que, si yo estoy pensando cada vez más seriamente en *acelerar el proceso natural de su deceso físico* y tengo la suficiente hombría como para confesárselo por escrito, eso la coloca a usted en la envidiable situación de poder participar con voz y voto en el *proceso creativo* de su propia muerte.

Pero qué estoy diciendo, vecina, mire lo bajo que he caído, a todas luces el taconeo de sus zapatos ya no me permite razonar de forma coherente y hace aflorar lo peor de mi persona, pues casi sin darme cuenta empiezo a pensar en términos de inferioridad y superioridad racial y llego a conclusiones espeluznantes tales como que gente como usted, sin valor alguno, ni siquiera nominal, nunca debería vivir arriba de gente como yo, que acaso se vaya de este mundo sin haberlo embellecido en una sola línea, pero que al menos lo ha intentado. Porque es innegable que si hay gente superior y gente inferior usted no pertenece al primer grupo, aun cuando las circunstancias la hayan puesto por encima mío y hasta me atrevería a decir que por esa misma razón, pues uno de los rasgos más elocuentes de la mezquindad y de la bajeza de seres *infra*humanos como usted es precisamente que se aprovechan de cualquier supremacía fortuita y transitoria para vengarse de los que sin ostentación, por simple naturaleza, somos sus superiores. Y no me corra por izquierda diciendo que yo también voy a llegar a viejo y voy a tener los mismos problemas al enfrentarme con gente como yo, más inteligente y madura a pesar de su juventud, infinitamente más valiosa, en todo sentido *superior*, porque a mí también me gustaría que ese joven me hiciera ver mi error con el mismo respeto con que yo se lo hice ver a usted, y no sólo comprendería sino que incluso le pediría *encarecidamente* que si yo no cambio –como no cambia usted– me borre *lo más rápido posible* de la faz de la tierra.

Lo que estoy diciendo, si he de sincerarme, es que la gente intratable como usted en el fondo me parece irreal, *inconcebible*, aun cuando se la sufre sobre la propia cabeza no hay forma de aprehenderla en términos humanos, ni siquiera human*oides*, y sólo como basura biótica o *excremento que a su vez excreta* puede uno a duras penas y con un denodado esfuerzo intelectual encasillarla en un pensamiento más o menos articulado que las torne vagamente intuibles para el cerebro. Por eso es que lo absurdo, frente a un ser irracional e irracionable como el suyo, no es el deseo obvio y casi diría *sano* de erradicarla del universo, sino más bien el tabú falsamente igualitarista de que tiene usted tanto derecho a la vida como yo, porque así como impuntual es tanto aquel que llega media hora tarde como aquel que llega media hora temprano, así también el principio universal de la igualdad se quiebra tanto si se hacen diferencias entre seres humanos como si se olvidan las que naturalmente existen entre los humanos y los desperdicios con forma de persona.

A lo que voy, vieja, es a que usted es *antiecológica*, como un basural a cielo abierto o un relleno sanitario que contamina las napas de agua, voy a que estorbos sociales de su índole, meras carcasas de vida herrumbradas esperando a que el óxido acabe por aniquilarlas, no tienen derecho a existir, ni arriba ni aun debajo de personas hechas y derechas como yo, voy a que en mi golpe de Estado personal todas ustedes, las ancianas frustradas que vegetan gracias a mis impuestos, serían las primeras que mandaría fusilar, o mejor, para no malgastar balas, las atraería hasta un supermercado con alguna falsa oferta de jabón en polvo, cerraría las puertas y las haría moler a palazos por los miles de adolescentes que sin duda se ofrecerían para llevar a cabo tan digna y patriótica tarea, o mejor aún directamente las gasearía, un método que amén de su alta efectividad ha probado ser de lo más discreto y silencioso.

Porque el silencio es salud,

Sieg Heil!

Pd.: El que robó la lamparita del pasillo de su piso fui yo. También fui yo el que dio orden de no cambiarla a la portera, que de todas formas no lo habría hecho ni de recibir la orden contraria.

Me pregunto, vieja forra, si alguna vez se la han cogido a usted bien cogida. Realmente quisiera saber, vieja pelotuda y miserable, *sorete*, si tuvo usted ocasión a lo largo de su mezquina existencia de que una verga aunque más no sea minúscula y apenas erecta le abriera por pura lástima los pliegues resecos de su hedionda almeja para entibiar por unos segundos el conducto incapaz de lubricarse que tiene abandonado entre las piernas para mojarle sus estériles ovarios con un chorrito de guasca transparente y fría, apenas más consistente que un orín. Me da sincera curiosidad que me cuente, vieja hija de puta, pedazo de conchuda malparida, *frígida,* si al menos alguien le hizo a usted el favor de fruncirle aún más su segunda cara, me refiero a si algún alma caritativa de esas que no le hacen asco a nada se tomó el samaritano trabajo de romperle bien el orto con un palo de escoba sin vaselina y de dejarla meando sangre por el ano como una disentérica. Se lo pregunto porque mi pálpito, vieja sucia y resentida, bruja inmunda y comemierda, podredumbre humana, *cerda*, mi pálpito es que usted no ha tenido nunca oportunidad de sentir una poronga dentro de su cuerpo putrefacto y eso me da mucha lástima, en principio por usted y por sus cloacales orificios, pero también por mí, pues en su calidad de doncella ya *rancia* me priva de poder llamarla vieja puta de mierda, perra chupapijas y tragaleche, veterana malcogida, putita barata, zorra arrastrada, culorroto, motes todos éstos que conceptualmente más le caben a gente chota como usted que a las señoritas que hacen la calle para alimentar a sus hijos. Sólo una vida condenada a la castidad involuntaria, una vida ahogada por el tufo a bicho muerto de ese molusco pustulento que ni siquiera su ginecólogo se debe atrever a tocar sin guantes de acero inoxidable, un fracaso existencial cuya máxima aspiración erótica debe resumirse a que andando por la calle alguien golpee sin querer las uvas pasas que le cuelgan en el pecho, sólo una existencia desprovista por completo de transacciones genitales de cualquier tipo puede explicar que ratas asquerosas como usted lleguen a su edad con tanta mala leche, tanta envidia, tanto rencor y resentimiento acumulados. Y ni siquiera. Porque seguramente le ha echado usted a su vulva enmohecida unas cuantas pajas en algún remoto y ya olvidado paraje de su juventud, sin dudas se ha entretenido lacerándose *el mejillón* con el mango de los cuchillos y las manijas de los floreros y las patas de la silla, de hecho tal vez sea por eso que hoy limpia todos esos utensilios constantemente como Pilatos sus manos criminales en el río; me parece incluso pensable que haya llegado usted a romper el chanchito para hacer la chanchada de que un chongo le pasara el plumero por su nido de arañas, espantándole por un rato las culebras de ese terreno baldío en el que no se animaría a dormir ni el más desdichado de los pordioseros. De ahí que lo único que a mi parecer podría explicar la existencia de personas tan desgraciadas como usted, o digamos de *cucarachas* con rasgos casi humanos como los suyos, es alguna horrible experiencia durante la más tierna infancia, por ejemplo que su padre se la violaba regularmente con el consentimiento de su madre, su padre y también su abuelo, y sus tíos y sus primos, toda su familia de a varios por turno mientras la golpeaban y la insultaban, cosa que deseo de todo corazón que haya sido su caso porque sería la única justificación aceptable, y tal vez ni siquiera, de que acabara siendo lo que es, es decir un cacho de bosta, una diarrea líquida, un dolor de huevos, un aliento mañanero, un aborto de la naturaleza, una flor de conchuda, una amarga hija de remil putas, una vieja infeliz.

Sopi de ajoba, sta matina

Che, Isabel Gracia:

A ver si nos dejamos un poquito de joder y terminamos con esta farsa, querida. Tengo los huevos al plato de los botines esos tuyos y la verdad es que ya no se me ocurre cómo chamuyarte para que los tires a la mierda. ¿O vos te creés que me hace gracia escribirte cartas como si fuera tu pretendiente? Supongo que te debe dar cierto placer esto de al fin ser cortejada por alguien, aunque sea por la negativa, pero lo que yo pretendo es ser escritor, nena, no tu novio. Con esos tacos de *madama* no sólo me garcás la inspiración sino que me obligás a escribir sobre que no puedo escribir, algo que pasó de moda hace rato. En vez de innovar, de abrir las letras argentinas hacia otros horizontes, de engrandecer el acervo literario de nuestro amado país, vos y tus zapatos antipatrióticos, piratas, me vuelven autorrefencial y chabacano, uno más o digamos uno menos entre los tantos escritores carentes de imaginación que sólo saben escribir sobre escritores carentes de imaginación, y encima se creen graciosos. Tus tacos son un palo en la rueda de la literatura, Isagrá, un miguelito en la llanta del progreso intelectual argentino.

Lo único que te pido es que trates de entender mi situación artí*s*tica, flaca. Yo soy parte de una generación perdida a la que le queda poco y nada de tiempo para producir algo digno antes de que se la coma la próxima. Los milicos aplastaron las utopías de nuestros viejos y mi camada se dejó entonces convencer de que el éxito era no buscarlo ni tenerlo, por lo que nos quedamos incluso sin la experiencia del fracaso. Ya de purretes mamamos la caída de toda esperanza con el muro y por eso creímos estar de vuelta de todo, cuando lo cierto es que nunca nos habíamos movido de nuestro corralito. El peso pasó a valer lo mismo que el dólar y nosotros pasamos a creer que vivíamos en la misma ciudad que Seinfield y que sus problemas, banales cuando no falsos, eran también los nuestros. La política dejó de ser una actividad honrada y el compromiso social se convirtió en algo cursi, *cosa de maricas*. Ni siquiera es que tomáramos muchas drogas, porque también de los hippies estábamos de vuelta. Lo nuestro era el *amargo far niente*, el *bartlebylismo* en su estado más puro, el autoboicot constante. El que no busca el éxito no fracasa y el que no fracasa no se hace adulto, de ahí que nosotros termináramos siendo como esos nabos que se van derecho para el casorio con su primera novia de la escuela, unos inmaduros sin retorno, unos eternos *quedados*.

¿Sabés lo que significa tratar de escribir en un clima como ése, donde cualquier contenido está mal visto, donde hablar de temas serios se ha convertido en una *grasada* y donde el anhelo de grandeza es una condena al ridículo? Y no estoy hablando de que mi generación esté compuesta por una manga de frívolos oligofrénicos, no querida, lo nuestro es mucho peor, lo nuestro es un refinado nihilismo festivo, una eufórica *apología del vacío*, una parodia consciente del existencialismo. Tanto cinismo nos confiere aires de gente adulta, pero lo cierto es que llegamos a la comedia sin haber pasado primero por la tragedia y recién ahora, ya entrados en los treinta, nos empiezan a ocurrir cosas trágicas ante las que no sabemos cómo reaccionar porque nunca aprendimos lo que significa que te pasen cosas en serio. Nuestros padres se arrepienten hoy de haber perdido tantos compañeros en la lucha, mientras que nosotros de lo único que podemos arrepentirnos es de no tener nada de lo cual arrepentirnos, de haber desperdiciado nuestra juventud en *ni siquiera equivocarnos*. Es como si nos hubiésemos fumado un porro de diez años y ahora que todo se fue a la mierda no supiéramos hacer otra cosa más que reírnos, y encendernos otro porro.

Y tu taconeo es precisamente una de las formas de ese nuevo porro, abuela, el renovado canto de sirena que me arrastra pese a los tapones hacia el abismo del *cualquierismo intrascendente*, del patético encomio de la nada, de la vanidosa autocomplacencia en la propia desidia intelectual. Rebajándome a despilfarrar mi energía escrituraria en un par de roñosas suelas de zapato me robo la última chance que aún me quedaba de elevarme con un gran libro por sobre la alegre mediocridad de mi generación. Justo cuando empezaba a tomar conciencia de que debía romper las cadenas que me tienen atado al miedo de mis contemporáneos, miedo a la gloria y miedo al fracaso, miedo al aplauso y miedo al ridículo, miedo, en una palabra, a la *acción*, justo cuando estaba carreteando para el despegue vos y tus intrascendentes zapatos me devuelven al vicio de lo fútil, a la seductora trampa de *la tinta light*. Si al menos me contestaras podríamos escribir juntos una novela epistolar, género que ya está tan pasado de moda que va siendo tiempo de ponerlo otra vez. No que tenga muchas esperanzas en tu pluma, pero al menos así te tendría sentadita un par de horas por día.

Pero ya me voy por el lado de la chacota de nuevo y mi idea no era ésa sino la de hablarte *de frente manteca*. Tampoco era mi idea internarte con mis problemas de escritor frustrado pero bueno, mala leche, me salió así y me hago cargo. La verdad es que son cosas muy íntimas que nunca había hablado con nadie. Pensá que para mí pedirte que me apoyes en este proceso es como pedirte que te saques los zapatos por mi hijo que está enfermo y necesita tranquilidad. Justo antes de que te cambiaras de zapatos había empezado el libro que quise escribir toda mi vida y no terminarlo sería como si se muriese mi único hijo, algo que nunca me perdonaría y que creo que vos tampoco te podrías perdonar.

Te pido entonces por mi libro, por mi hijo, que me disculpes los exabruptos de las cartas anteriores y que hagamos las paces. ¿O no nos llevábamos bárbaro antes de este problemita? Me acuerdo del día en que me pediste que recibiera los bidones de agua de nuestro sodero Francisco porque justo tenías que ir a hacerte unos exámenes. Después viniste a buscarlos y como no tenías cambio, no me pagaste. ¿Te hice algún quilombo yo por eso? Para nada. Y si vinieras hoy a devolverme esa guita no te la aceptaría ni en pedo. Porque mi lema es hoy por ti y mañana por mí. O digamos ayer por ti y hoy por mí. Y lo que hoy te pido es que te cambies los zapatos. Nada más que eso. Más fácil que la tabla del dos, cuchame.

Un fuerte abrazo,
tu cumpa acá del primero.

Ciudad Autónoma de Santa María
de los Buenos Aires
Día Decimocuarto del mes
de Octubre del año Dos Mil y ----

De mi mayor indignación:

Es usted un irrespetuoso, jovencito. A mí nadie me tutea sin autorización, descarado.

Isabel Casares

Hic et nunc

Vicinus vicinam salutem!

¡Qué alegría recibir carta suya, instruida vecina! Aunque el detalle accesorio del lugar y la fecha de redacción de la misma haya resultado más extenso que su escueto, colérico contenido, créame que fue para mí una enorme satisfacción comprobar de forma fehaciente que usted está alfabetizada, cosa que llegué a poner muy severamente en duda. Ahora que me responde mi última carta su silencio respecto a todas las anteriores adquiere para mí otro cariz, ya no el de la incertidumbre acerca de sus capacidades oftalmológicas o el de la duda acerca de una eventual incompetencia lingüística, sino el de la certeza de que el mutismo fue siempre un hijo deliberado de su *abyecta cobardía.*

La atenta lectura de sus trece sorprendentes vocablos (uno por cada carta que le mandé yo, de una sutileza casi tan joyceana como el número de los que la enmarcan, seis, casualmente el mismo que... pero acaso sea *realmente* una casualidad) me ha hecho reflexionar acerca de lo que significa llegar a viejo y no tener nada que aducir frente a un joven presuntamente irrespetuoso más allá de la diferencia de años, y no la que debería verse reflejada en una mayor amplitud cognitiva o en la madurez humana que confiere la experiencia sino meramente la que se deduce de los respectivos documentos de identidad. Tiene que ser muy hiriente, se me ocurrió leyendo y releyendo su esquela, llegar a la tercera edad y verse enfrentado, por uno de la segunda, con problemas que arrastramos desde la primera y que nunca pudimos resolver, sobre todo teniendo en cuenta que esos problemas (dudar de la propia existencia, sentirse inferior al resto de la gente, no saber comunicarse con el prójimo, estar incapacitado para cualquier tipo de gesto solidario) casi siempre se terminan resolviendo de una u otra manera con el paso del tiempo, salvo en casos como el suyo, en los que ese tiempo *ya pasó*.

Si hago el ejercicio mental de imaginarme con setenta años (me baso para ello en las fantasías más lúgubres que tenía durante mi adolescencia respecto a la edad –en ese entonces remota– que ahora profeso) no se me ocurre nada más aterrador que verme como usted, *cercano a mi muerte* con menor calidad humana que cuando recién empezaba a alejarme de mi nacimiento, o sí, miento, se me ocurre una cosa más desesperante que ésa y es no verlo yo mismo, como es su caso, sino que *me lo hagan ver*, para colmo un mozalbete al que le doblo la edad. Porque si bien ya he vivido lo suficiente como para tener comprobado que la vida no nos depara las grandes revelaciones que acaso esperábamos de ella durante nuestra juventud, si bien sé que los grandes misterios de la existencia son tales precisamente en razón de que permanecen en la oscuridad para todos los que no caigan en las delusorias maquinaciones del misticismo o de la locura, también creo haber juntado la suficiente experiencia como para no equivocarme al decir que uno no podrá aumentar su sabiduría en las grandes cosas, pero sí puede y debe hacerlo en las pequeñas, las que nos permiten acercarnos paulatinamente a lo único que podemos pedir, esto es, ser mejores personas.

No sé cuántas fueron las posibilidades que le dio la vida de crecer como ser humano, pigmea vecina, pero resulta evidente que usted no aprovechó ninguna, ni siquiera esta posterior, postrera, prácticamente póstuma, que se le ofrece ahora por nada, por tan sólo unas monedas de altruismo, por apenas unos *mendrugos de sensatez*. Entiendo que la terquedad suele ser a los ancianos lo que la volubilidad a los adolescentes, un rasgo poco menos que intrínseco de su ser, una parte casi obligada de su definición ontológica, pero justamente por eso, me pregunto yo, ¿no le da un poco de pudor copiar de forma tan obtusamente fiel ese prejuicio generalizado que en definitiva damnifica a todos sus colegas generacionales? Y si acaso está usted orgullosa de ser una vieja terca tal como se pinta a las viejas en el folclore popular, ¿no le gustaría probar a ser la excepción a esa regla, aunque más no sea para que quede confirmada?

Nunca es tarde para cambiar, resocializable vecina, y piense que de su voluntad depende no sólo mi carrera artística y la salvación de su espíritu, sino de alguna forma el concepto de ser humano como ente pasible de transformarse para bien y la idea de humanidad como sujeto colectivo mejorable. El mundo no puede ser un sitio tan detestable ni poblarlo una actividad tan necia si hasta alguien como usted demuestra que puede cambiar.

Esperanzadamente,
vicinus suum.

Usted sabrá
De mí, la mayor, para que lo considere:

Así como usted hace el esfuerzo de pensarse con setenta años, yo hago el mío por pensarme con treinta, y creo que fracaso con tanto éxito como usted. Toda esa esperanza en un futuro artístico que, de ser exitoso, cosa que me permito poner en duda, tampoco lo va a redimir de la vejez... Toda esa energía juvenil derrochada en conseguir una tranquilidad que ya va a tener de sobra cuando se muera... Bien analizado, si hay alguien acá que da lástima no creo que esa persona sea yo.

Me acusa usted de desgraciada, pero lo cierto es que yo nunca aspiré a más que lo que tengo, y por eso hoy estoy satisfecha conmigo misma. En cambio usted, que basa su superioridad en su juventud, que sería como alardear de altura sobre una escalera mecánica en constante descenso, parece tener no sé yo qué sueños y utopías, tan vagos que incluso si se le cumplen lo más probable es que lo dejen descontento. Los utopistas como usted nunca están satisfechos, y acaban ahogados en sus propias quimeras. Produce una angustia abismal ver que para usted el futuro es un lugar de logros y de recompensas, como si la vida le hubiese prometido algo más que esto y estuviera en deuda con usted. Mírese por un segundo marchar hacia el porvenir contento e inconsciente como un animal al matadero, jovencito, y dígame si no es como para morirse de la tristeza. Al menos desde acá lo que se percibe es que usted deposita todas sus esperanzas en el futuro como un miserable en la lotería, y así es como pierde lo último que le queda en los bolsillos, que es el presente.

Porque el futuro, ya lo verá usted, no es más que una acumulación paulatina de pasado. Ahora sólo ve la punta de la duna y cree que cuando la alcance se le abrirá ante los ojos un paisaje nuevo y extraordinario, pero cuando llegue a la ansiada cima notará que detrás de esta duna hay otra duna, y luego otra más, y otra. Si acepta un consejo, infante vecino, le sugiero que trate de ir encontrándole el lado bello a ese desierto, porque si espera de la vida otra cosa más que lo que ya le dio, la decepción será abrumadora. ¿Ya ha sido feliz alguna vez y desgraciado alguna otra? Muy bien, entonces no hay nada que le quede por conocer: ya verá que basta con la reiteración de esos dos polos y de los matices anímicos intermedios para mantenernos entretenidos toda la vida, y aun para que nunca los terminemos (nos terminemos) de entender.

Obsesionado como se encuentra por la zanahoria del futuro es natural que usted fracase a la hora de ponerse en mi lugar, porque lo que nos distingue es que yo prácticamente no tengo futuro, y que esa carencia, lejos de ser un motivo de angustia, es un inmenso alivio. Quiero decir que, si bien mi futuro puede ser más extenso que el suyo, nada espero ya de él, y eso me da una libertad infinita, la libertad por ejemplo de andar por mi casa como se me da la real gana, sin tener que preocuparme de lo que el vecino de abajo diga (o escriba) sobre mí. El futuro es un concepto tan abstracto como el del prójimo, y si nos los enseñan desde chicos es para darles un sentido y un límite a nuestras vidas. Pero a más tardar cuando ésta va tocando a su fin, cuando ya hemos comprobado que no hay sentido alguno y que el único límite verdadero es la muerte, también entendemos que más que abstractos esos conceptos rectores son absurdos, y al fin nos liberamos de ellos. Tarde pero seguro, pues, yo he aprendido que la libertad de uno no termina donde empieza la del otro, sino que empieza ahí donde el otro deja de existir.

Esto que digo a usted le causará horror aunque, joven y moderno como cree ser, no le gustará admitirlo. Porque se nota que usted es de esas personas a las que (todavía) les importa el prójimo, como si la vida de los otros o sus opiniones sobre uno influyeran en nuestra felicidad. Sensible como es a los ruidos ajenos, seguro que es usted de los que se esfuerzan por no molestar con los propios a los demás, aun cuando para ello deba sacrificar cosas que le dan placer. Perfectamente me lo puedo imaginar bajando el volumen de la televisión después de las diez de la noche o desistiendo de encender el lavarropas los días feriados. Pobre infeliz, todavía no aprendió que no hay ninguna relación necesaria entre no molestar a la otra persona y que la otra persona no lo moleste a uno.

A los setenta una está cansada, hijo. Cansada de cuidarse, cansada de tener que dar explicaciones, cansada de los purretes prepotentes como usted, que confían ciegamente en su juventud como si no fuera lo primero que van a perder, lo que ya están perdiendo. Quizá haya viejas que valoren el hecho de que un posadolescente como usted las crea buenas personas, a mí la verdad es que me tiene completamente sin cuidado. Yo soy una mujer libre, libre de usted y libre de todos. Sus quejas de vieja (¡pobre del vecino que tenga que soportarlo cuando llegue a mi edad!) ni siquiera me causan una alegría maligna o un placer morboso, como acaso malicie morbosamente su propio ego. Usted me es indiferente a un grado que jamás podría entender sin autodiluirse. En el mismo momento en que trate de ponerse en mi lugar, dejaría usted de existir. Haga el ejercicio y escriba una carta como si usted fuera yo. Va a ver que al final usted queda reducido a

De acá al futuro

Cínica vecina:

Leyendo su simpática carta, que no tengo palabras para agradecer, pensé que debe ser muy duro estar *pidiendo pista* para emprender el último viaje y saber que nadie irá a despedirla al aeropuerto, que nadie le pedirá que llame para asegurarse de que llegó bien ni estará pendiente de su vuelta aunque más no sea por los regalos, que ninguna persona va, no digamos a extrañarla, sino al menos a recordarla o siquiera a recordar de vez en cuando que olvidó algo que resultaría ser usted si volviera a su memoria, que al irse del mundo no deja usted un vacío mayor que el que rellenó su cuerpo estando en vida y que un segundo después de muerta la trascendencia de su persona estará circunscripta a una línea sin sentido perdida entre las páginas de la guía telefónica del año anterior, un nombre no asimilable con ningún significado en cartas que la portera romperá sin abrir, un número dado de baja y prontamente reciclado en unos registros carcomidos por los ratones. La experiencia de la muerte no es asequible a nuestros sentidos, por eso es que se dice que morimos para los demás, nunca para nosotros mismos, pero como su vida es tan importante como la de una *perra sarnosa* que cruza la ruta a deshora, usted no morirá ni para sí misma ni para el que la pise, y su entrada al más allá será un hecho de tan público *des*conocimiento que cuando llegue el día del juicio final Dios no la tendrá en cuenta por no hallarse usted empadronada ni entre los soldados sin nombre.

Frente a un futuro tan poco prometedor como el suyo no es de extrañar que desestime de base el concepto de porvenir, por un lado, mientras que por el otro recurre a cualquier estrategia con tal de revertirlo, empezando por la muy dudosa de hacerle la vida imposible al prójimo (o digamos al semejante, así entiende el absurdo en el que incurre al decir que el concepto de prójimo es absurdo) en la esperanza de al menos quedar grabada en su odioso recuerdo, como el malhechor por un día en la sección policiales del periódico. Es que a mí, desestimada *vecínica*, no me engaña su presunto desinterés por cualquier tipo de trascendencia, en primer lugar porque se trata de un anhelo tan fuerte como el de persistir en nuestro ser y a veces mayor aún (no son pocos los que se quitan la vida precisamente para llamar la atención del resto), y en segundo lugar porque es fácil renunciar a algo que no se tiene ni nunca se tendrá, como es en su caso la estima de los demás seres vivos, ya sean personas, animales domésticos o plantas.

Si de veras es ésa su lamentable estratagema le propongo, para abandonar de una vez por todas el terreno de la confrontación estéril en pro de una cooperación constructiva, un plan mucho mejor, que no sólo les hará verdadera y profunda justicia a sus sueños más íntimos de trascendencia sino que hasta puede ayudarme a mí para soltar un poco la muñeca y ver si así supero algunas trabas escriturarias por las que atravieso *de un tiempo a esta parte*: le propongo, claro que a cambio de que se saque los zapatos, de lo contrario no puedo concentrarme debidamente, escribir su biografía. Tome en cuenta, al considerar mi propuesta, que...

(Escuché un grito extraño en el aireluz del edificio, debo ir a ver qué es. Igual queda hecha la propuesta. Su vecino.)

Las afueras, allá por el 50

Señor Suspenso:

De jovencita yo pasaba los veranos en la quinta de unos tíos en las afueras. Una noche, mientras le estaba escribiendo una carta a mi abuela, escuché un grito extraño, como el relincho de un bebé. Supuse que podría ser una de nuestras yeguas, Sarita, que estaba a punto de tener cría. Dejé la última oración por la mitad y fui a ver qué había pasado.

Era una noche oscura, con ese tipo de oscuridad que sólo se conoce en el campo y que, una vez que una se acostumbra, resulta mucho menos atemorizante que la de una calle mal iluminada en la ciudad. Acá nunca termina de oscurecer del todo, ni de hacer absoluto silencio, como si la gente se hubiera decidido a vivir toda junta no por cuestiones económicas sino por temor a la noche. En cambio yo nunca le tuve miedo a la noche, quizá porque lo que a mí siempre me dio miedo fueron los demás. El que le tiene miedo a la noche es porque tiene miedo de sí mismo, creo yo.

Escoltada por las perras e iluminándome con un sol de noche llegué hasta el establo donde mi tío guardaba la yegua que estaba pronta a parir. A medio camino volví a escuchar el grito, ahora más ahogado y como lejano, a pesar de que yo estaba mucho más cerca. Seguía pensando que debía tratarse de la pobre Sarita, aunque me llamaba la atención que se quejara. Los animales, hasta donde yo sabía y sé, no sufren al dar a luz, o en todo caso no hacen públicos sus sufrimientos. Parir con dolor es un derecho que el Benevolente nos reservó a las mujeres, acaso para que nos distinguiéramos de las hembras a los ojos de los hombres.

Cuando ya estaba a pocos pasos del portón de madera las perras empezaron a ladrar, cosa que sólo hacían frente al peligro, ya proviniera de humanos o de otras perras. Eso ya me debería haber dado una pauta de lo que me iba a encontrar al abrir el portón, y habría bastado para disuadirme de seguir adelante si el instinto de solidaridad no hubiera sido más fuerte que el de la prudencia. De todas formas, soy de la opinión de que la solidaridad y los otros sentimientos presuntamente filantrópicos no son más que fórmulas hipócritas de encubrir la curiosidad y el morbo, los únicos sentimientos capaces de despertarnos genuinamente algún interés por el quehacer ajeno.

Acallé a las perras y empecé a forcejear con la traba del portón. El grito se hizo oír entonces por tercera vez, ahora mucho más fuerte y con un timbre notoriamente humano. No llegué a interpretar si se trataba de un pedido de auxilio o de un intento por espantarme, y por eso no supe si sentir miedo o pena. Los humanos gastamos tantos años aprendiendo a articular nuestros sentimientos que perdemos el instinto para entender los del prójimo cuando se expresan de forma dislocada, bestial.

La traba no cedía, de modo que dejé el sol de noche en el suelo para hacerle frente con ambas manos. Un golpe de viento, o más probablemente un golpe de mi pie, hizo que la lámpara diera contra una piedra. El vidrio se quebró y la antorcha entró en contacto con unas briznas de hierba, que inmediatamente se prendieron fuego. A pocos centímetros estaban los fardos de paja con que mi tío planeaba reacondicionar el establo luego de que Sarita pariera, y justo al lado se apilaban los troncos que llevaban todo el verano secándose al sol. En cuestión de segundos pude ver cómo las hierbas encendían los fardos, los fardos los troncos y los troncos el establo entero, y entonces...

Pero me pican las plantas de los pies y debo rascarme, así que no puedo seguir escribiendo.

Atentamente,

su vecina.

PD: Con gusto acepto su propuesta biográfica, pero invirtiendo el orden de servicios y compensaciones: usted escriba y, si me gusta, yo me saco los zapatos. Porque en realidad la que le presta el servicio soy yo al proporcionarle material para su inimaginativa carrera literaria, no usted redactando una historia que yo ya conozco y que no tengo ningún interés ni provecho en que conozcan también otras personas. Si yo no he de morir ni para mí misma ni para los otros, como vaticina usted, piense que también eso puede ser considerado una forma de la inmortalidad.

Consulado de Molvania, s.f.
Ignífuga vecina:

Su frialdad me enardece. Si dejé mi carta a medias no fue por jugar al suspenso, como maliciosamente me achaca usted, sino porque fui interrumpido por un grito *desgarrador*, y no de un pichicho a punto de dar a luz sino de un ser humano en el momento de perderla, o así me pareció inevitable deducir a mí, pues vino precedido por unos tiros como de arma de fuego y lo siguió de inmediato un golpe sordo, como de cuerpo que se desploma ya sin vida. Parece increíble que haya ocurrido un asesinato en nuestro edificio y que a usted lo único que le preocupe es haber recibido una carta interrumpida, que naturalmente habría yo completado con la consabida posdata si mi diligente doméstica no se me hubiese adelantado, aprovechando que debía salir a comprar frutas y su departamento le quedaba de paso (así como otros confunden la izquierda y la derecha, ella tiene problemas para ubicar el arriba y el abajo, por lo que siempre hace algunos pisos de más).

Lo que le hubiese dicho si me hubiera dado el tiempo es que ni bien escuché el grito, puesto que a los tiros no los había escuchado, o no los había interpretado como tales, ya sabemos que la única forma de convivir con los ruidos del aireluz –que más bien debería llamarse tufoscuruido–, es ni siquiera preocuparse por decodificarlos, de ahí que ese sitio tan público sea paradójicamente el mejor lugar para cometer un asesinato sin que nadie se entere; ni bien escuché el grito e interpreté *retrospectivamente* como tales los tiros precedentes y estuve así en condiciones de concluir que el golpe que le siguió sólo podía provenir de un cuerpo cayendo al suelo, asomé la cabeza por la ventana de la cocina a fin de registrar otros sonidos y me encontré con un silencio tan perfecto que me asusté: supongo que por vez primera en la existencia de este manantial incansable de alboroto no sonaba una sola radio ni ladraba un solo perro, no chocaban entre sí los platos ni se oía a nadie discutir por teléfono, un derroche inaudito de mutismo que sólo se da en los lugares donde acaba de ocurrir una *tragedia espantosa*.

Salí al pasillo, toqué el timbre en el departamento de enfrente y me atendió la señora Lidia *empapada en lágrimas*, pero no por lo que yo creía sino porque su hijo acababa de comunicarle que se casaría con una mujer divorciada varios años mayor que él, además de fea y atea, según parece. Diez minutos *por reloj* me estuvo explicando la acongojada madre lo que esa decisión significaba para ella, para la memoria de su finado esposo y para la continuidad del apellido, pues al parecer esta señora ya no estaría en edad de tener más hijos o sería estéril –probablemente lo segundo– ya que, como se sabe, Dios no quiere que los ateos crezcan y se reproduzcan; diez minutos tuve que escuchar a la pastora lamentándose por el destino de su oveja descarriada antes de que me cediera unos segundos para que yo pudiera contarle lo que me traía por allí, escuchado lo cual recordó que el ingeniero del cuarto B tenía un arma escondida en un ropero y que ya en alguna otra ocasión se le había escapado un tiro, por suerte sin consecuencias que lamentar.

Subí, pues, al cuarto piso, y me encontré con que la puerta del departamento B estaba entornada, como si alguien acabara de irse a las corridas, por ejemplo alguien que está apurado porque cometió un asesinato, hipótesis que si bien nadie me vino a confirmar desde adentro de la casa tampoco ninguno se ocupó de desmentir, pues aunque toqué el timbre y golpeé y aplaudí repetidas veces no obtuve respuesta. La que sí contestó fue la vecina del departamento de enfrente, la eterna morosa, que si el instinto y ante todo el olfato no me engañan ya estaba ebria a las dos de la tarde, o seguía estándolo desde la noche anterior; ella sí abrió la puerta de su departamento para ver qué pasaba y lo que pasó entonces fue que la corriente de aire hizo que la puerta del cuarto B se cerrara de un golpe.

"Hola, Don, hola, Don", empezó a exclamar la borracha en un tono algo más elevado de lo requerido por la distancia que había entre nosotros y con una insistencia antinatural incluso teniendo en cuenta su nivel etílico en sangre, todo esto hasta que me di cuenta de que lo que en realidad estaba diciendo, o tratando de decir, porque la pobre no era soberana de su cuerpo ni para hacer que la lengua tocara el paladar, era: "¡Al ladrón, al ladrón!". Imagínese usted mi sorpresa al verme convertido *sin solución de continuidad* de detective amateur en caco profesional, era la paradoja de quien se acerca a socorrer a la víctima de un atraco callejero y termina siendo acusado por la policía de haberlo perpetrado, usted me dirá que se trataba del delirio intrascendente de una borracha perdida pero sabemos de gente que cayó en desgracia por testigos mucho más dudosos que éste. Y lo cierto es que la indignación o incluso el miedo se me deben haber notado en el rostro porque enseguida la ebria lanzó una risotada y me dijo que no contaría nada de lo sucedido si a cambio de eso la acompañaba a su tenebroso departamento para "arreglarle el cuerito", con lo que no sé muy bien a qué se refería pero intuyo que no precisamente a cuestiones de plomería ni a otros menesteres que hubieran contado con el piadoso aval de nuestra vecina del primero B.

A mi rescate llegó uno de los hijos de la psicóloga divorciada del quinto A, creo que es el más chico aunque debe medir cerca de un metro noventa, traía un destornillador en la mano y a todas luces había bajado con ánimo de atacar al ladrón, tal vez ilusionado con impresionar a la damisela que había pedido auxilio, el pobre no sabía que por mucho menos podía ir bastante más allá de sólo impresionarla y que ni aun bajo esas ventajosas condiciones habría querido hacerlo. Presumo que hasta un adolescente en celo como él debe haber entendido que allí no había nada por lo que luchar, ni a favor ni en contra, porque con la misma rapidez con que seguramente debe irse en seco frente a sus revistas ilustradas mi vengador se transformó en salvador y, viendo en mí menos un peligro que un compinche, cosa que hace tiempo ya que no me pasaba con un joven de su edad, lo cual *no sé si me halaga o me deprime*, me pidió que lo ayudara a hacer algo en la terraza, no dijo qué, pero como a fin de liberarme de la borracha yo lo habría ayudado incluso a echar veneno dentro del tanque de agua, lo seguí.

El plan de mi púber amigo no era tan demencial pero tampoco le iba tanto a la zaga, lo que al parecer se proponía era infringirle una pequeña perforación a la membrana del techo del edificio a fin de que "le garúe finito al puto del sexto", epíteto que el muchacho había escogido no porque le constase que al dicho señor le apeteciera intimar con otros señores sino porque tenía "la puta costumbre" de quejarse "todo el puto tiempo" de que él, que parecía usar el insulto constantemente como un sinónimo de constancia, tocara la guitarra eléctrica. "No sé si sabías pero el del sexto es mi novio", me excusé de ayudarlo en la faena, y ante su boquiabierta consternación volví sobre mis pasos con la idea de salir de ahí lo más rápido posible, de lo cual me previno la extraña figura de un hombre vestido con saco y corbata colgando ropa interior de mujer en el otro extremo de la azotea, para más extrañeza de origen *notoriamente* chino, el hombre, tal vez también las bombachas.

Me acerqué al amo de casa y le pregunté si había escuchado ruidos como de asesinato salvaje hacía cuestión de minutos, a lo que nuestro oriental *vechino* me contestó que no hablaba español pero que si tenía la amabilidad de acompañarlo alguien se ocuparía de satisfacer mi curiosidad, todo esto en un español tan correcto y depurado que por un momento supuse que se estaba burlando de mí, luego llegué a la conclusión de que debía estar mofándose de sí mismo, como quien se pone su mejor traje para ir a colgar los corpiños de la empleada. Mientras esperábamos el ascensor aposté cuál podría ser el departamento del asiático, si el que heredaron los hijos de la señora Cárdenas en planta baja o el de la puerta abierta en el cuarto piso, me jugué por este último pero cuando el chino apretó el botón de más abajo tuve que dar por ganador al primero, así que figúrese usted mi asombro cuando cruzamos el hall de entrada sin meternos en ninguna puerta y finalmente salimos del edificio, bien pensado tampoco es tan *impensable*, al igual que en el mundo real también en el imaginario al dinero siempre se lo termina llevando la banca.

Seguí al falso inquilino hasta el minimercado de acá a la vuelta, donde el dueño me explicó que mandaba colgar la ropa interior de sus hijas en la terraza de nuestro edificio por miedo a lo que pudieran hacer con ella los depravados que habitaban en su conventillo, al parecer era algo que ya tenía arreglado con nuestra portera y que venía haciendo desde que se instalara en el barrio sin que nadie se quejara, si lo esperaba unos segundos me persuadiría con algún regalo de tampoco ser yo el primero. Efectivamente unos segundos después, como si hubiera estado esperando la orden tras bambalinas, reapareció el hombre del traje, ahora de civil, con una bolsa cargada de mercadería en cada mano, y mientras me las alcanzaba le pregunté, menos por curioso que por encubrir el soborno con un comentario casual, por qué su empleado se vestía de esa forma tan rara para ir a colgar la ropa, a lo que el dueño frunció el entrecejo y, algo confundido, dijo que había sido idea suya, que así creía responder al pedido de nuestra portera de *no llamar la atención*.

Pensé en explicarle que para no llamar la atención un chino debe vestirse como un chino, no como un occidental, mucho menos como un occidental que parece vestido como para llamar la atención, pero luego pensé que el pobre hombre debía haber gastado una fortuna en ese desafortunado disfraz y que en todo caso no era políticamente correcto llamarle la atención a un extranjero por su forma llamativa de vestirse, de modo que me alejé con mis dos bolsas de regalo sin siquiera agradecerlas aunque tampoco es que tuviera el deber de hacerlo, al fin y al cabo eran en concepto de pago por mi discreción. Apuré el paso como si temiese que se arrepintieran y al dar vuelta a la esquina vi cómo un hombre disparaba un arma de fuego, vi que una mujer gritaba y que un cuerpo se desplomaba contra el piso, todo esto del otro lado de la vía y sin sonido porque justo se acercaba el tren, fue como si diez minutos antes hubiese escuchado la banda sonora de una película y recién ahora me llegasen las imágenes, aunque enseguida el tren se interpuso y también ellas desaparecieron.

(Otro día le cuento cómo terminé en el consulado de Molvania, ahora tengo que dejarla ya que cortaron la luz por razones de seguridad. Permanezca atenta. Su vecino)

Pd.: Por un desperfecto técnico la luz sigue andando. Me da tiempo para agregar que, en cuanto a su biografía, yo diría que me pague la mitad ahora, sacándose un zapato, y la otra después, haciendo lo propio con el otro, y en cuanto a las aventuras que derivaron para usted de aquel otro grito, le pido que tenga a bien continuar su narración a partir de que se incendió el establo, no porque me interese la historia sino porque odio el suspenso, y lo odio porque... Caramba, ahora sí se apagó la luz. Hágame acordar de que se lo diga en la próxima.

Las afueras, allá por el 50

Molvano vecino:

Desde pequeña me pasa algo extraño frente a las catástrofes inminentes: antes de que ocurran las veo en mi cabeza como si ya hubieran tenido lugar. Estoy por tomar sin agarraderas una fuente recién salida del horno y ya me veo con las manos rojas metidas dentro de un balde con agua helada. Un segundo antes de pisar caca de perro mientras camino por la calle, en mi mente ya estoy junto al cordón de la vereda sacándomela con un palito. Me ha ocurrido incluso de estar a punto de subirme a un tren y ya verlo descarrilado. Y todo con lujo de detalles. Pues al igual que en las buenas películas de época, en mi imaginación rige un realismo radical, un positivismo a ultranza. En ese sentido mis visiones anticipadas resultan tan intachables como la pulcritud de mi departamento. No hay un solo elemento fuera de sitio ni una sola acción que no responda a la lógica más estricta. Un observador externo jamás sospecharía que se trata de quimeras, y yo misma dudo a veces de si lo son o no.

Lo que termina delatando a estas especulaciones cerebrales es precisamente su extremado realismo. Como las fotografías demasiado brillantes o los dibujos animados por computadora, las escenas se ven entorpecidas por la acumulación casi barroca de testimonios materiales de su propia verosimilitud. Les pasa un poco lo que al primer sospechoso en una novela policial, generalmente tan obvio que enseguida el lector sospecha que no puede ser el asesino. Es que el mundo no cuenta ni de lejos con la perfección que le imprimen estas esmeradas imitaciones, sino que está repleto de distracciones e inconsistencias, de aristas por las que parecen escaparse todo el tiempo partículas irrecuperables de verdad. Lo que les falta a estas utopías negativas, lo que acaba poniendo en evidencia su artificio, es esta ausencia de naturalidad, pues todo puede impostarse menos eso, y eso incluye también la naturalidad para con lo impostado.

Curioso en estos sueños diurnos es que cuentan con una especie de fuerza premonitoria invertida: que aparezcan en mi mente constituye un signo inequívoco de que no van a plasmarse en el mundo real. Al menos hasta ahora ninguna de las catástrofes que he visto ante mis ojos, y créame que no han sido pocas, se reflejaron luego en los hechos, como si a la realidad le ofendiese que yo pudiese creer que está plagiando a mi imaginación. Al igual que el del clima en nuestro país, tan confiable es la imprecisión de mis pronósticos que varias veces me pregunté si no será que los tengo retrospectivamente, después de asegurarme de que no puedan corresponderse con la verdad. Lo contrario al *déjà vu*, podríamos decir, aunque quizá producto del mismo cansancio.

Porque no es que yo lo busque ni aun lo domine, no es que yo pueda imaginar adrede alguna calamidad para que ésta no ocurra. Si no ocurre es en todo caso porque antes yo la imaginé, aunque mi fantasía es que estas pequeñas o grandes tragedias sí tienen lugar, sólo que en un mundo distinto al nuestro, y por eso se quedan sin fuerza para también ocurrir en éste. Como cantantes de gira, mi sensación es que agotan su voz presentándose en distintos escenarios del universo y cuando llegan al nuestro ya están afónicos, por lo que en vez de convocarnos a todos juntos en el teatro prefieren hacernos funciones privadas a cada uno.

Con esto quiero decirle que el establo, que usted ya daba por incendiado al igual que yo, en realidad no se prendió fuego. Antes de que las llamas generadas por el sol de noche alcanzaran a propagarse, Teolina, nuestra perra bombero, a la que mi tío estuvo entrenando durante años en el combate de pequeños focos incendiarios, las apagó con su orín. Y en el renovado silencio de la noche volvió a escucharse el grito, más desgarrador y humano que nunca.

Lo dejo, que se me quema el establo.

I.A.

PD: Su carta desde el consulado de Molvania me llegó por correo diplomático, quiero decir en forma de un joven rubio y fornido que luego de entregarme el sobre me pidió con toda diplomacia si no podía darle asilo político en mi casa. Concedí, un poco por ayudar al pobre chico y otro poco por desmentir alguna carta suya donde se me acusa de pacata, enriqueciendo a su vez la biografía de la que usted deberá entregarme un adelanto antes de que nos sentemos a negociar. Lo que no sé ahora es cómo hacerle llegar mi respuesta, aunque confío en que a vuelta de correo usted sabrá resolver un problema que en el fondo es, como mi nuevo acompañante y como usted mismo, menor.

Lutenblag (Molvania), justo antes de la cosecha

Amancebada vecina:

El tren, como le venía diciendo, me veló el final de la escena del otro lado de la calle, y cuando terminó de pasar, lo que demoró un rato pues era un tren de carga, de esos largos hasta lo *autoparódico* y con una bocina de barco que hace aullar a los perros, porque no sé si ha notado que cuanto más lento e inofensivo es el convoy más fuerte resulta su anuncio sonoro, como si se dirigiera no a los transeúntes distraídos sino a los suicidas poco entrenados para avisarles que deben esperar al próximo si quieren que la operación tenga lugar de forma rápida y exitosa; cuando terminó de pasar el tren cargado de containers, cada uno rumbo a un país distinto, o proveniente de, pues no recuerdo si estaban siendo transportados desde o hacia el puerto, la hilera interminable de arcas coloridas cubre todo el tramo de las vías que se ve desde la calle y en algún momento del moroso transcurrir ya no se sabe para qué lado se mueve el tren ni aun si se sigue moviendo; cuando al fin la gran oruga de hierro terminó de pasar, cosa a la que no creía que tuviese ya el privilegio de asistir con vida, tal era la uniformidad de su marcha y de su carga que los vagones parecían estar volviendo por abajo al modo cíclico de las cintas transportadoras, de hecho el tren cumplía su misma función y se veía muy parecido, chato arriba y con los engranajes rodando en la parte inferior, curioso que todavía no lo hayan inventado, o tal vez lo hicieron y uno no lo sabe, *la ignorancia es como un tren que nos pasa constantemente por delante de las narices* y no nos deja ver lo que ocurre más allá; cuando el traqueteo dio por finalizado su monótono monólogo ya no quedaba del otro lado de la calle ni asesino ni testigo ni cadáver alguno, lo cual no tenía nada de extraño sino mucho de esperable y normal, con la cantidad de tiempo que había transcurrido entre una cosa y la otra lo sorprendente era en todo caso que se viese algo parecido a lo anterior y no los restos radioactivos de una metrópoli arrasada por el Apocalipsis.

Pero estoy exagerando: al fondo de la calle todavía alcancé a ver un auto que zigzagueaba entre otros en una clara maniobra de fuga y deduje que debía ser el del asesino, así que sin meditarlo demasiado paré un taxi y le ordené que lo siguiera, no llevaba dinero conmigo pero confiaba en poder pagar el viaje con comida o juegos de mesa o lo que los chinos hubiesen puesto dentro de las bolsas. Y habría sobrado, fuera lo que fuera, porque el viaje terminó antes siquiera de empezar, creo que no había caído ni una ficha que ya nos embestían desde un costado, el chofer se bajó como para golpear al agresor pero terminó descargando su ira en el auto del otro, no sé si porque vio que el atacante era una mujer o porque pegarle al auto le parecía un castigo igual o peor que trompear a su dueño, yo también me bajé pero estaba demasiado aturdido como para frenarlo, además de que el tipo era *un monstruo*, con un par de golpes lo dejó más abollado que su propio taxi y se fue.

La conductora del otro vehículo era una rubia platinada de tez muy blanca que parecía estar bajo estado de *shock*, me miraba como poseída y hablaba sola en una lengua rara, casi inverosímil, le pregunté si quería que la llevase a un hospital y se corrió del volante para pedirme que la llevase al consulado de Molvania, me lo dijo con la naturalidad de quien le pide a un taxista que siga al auto de adelante, pero lo más curioso no fue eso sino que yo encaré resueltamente para el centro, sentía una voz que me iba guiando hacia ese destino como si mi vida estuviera escrita en un papel con el membrete del consulado y yo necesitara llegar hasta allí para justificar esa excentricidad, para colmo la guía oral era femenina y hablaba en inglés, o sea no exactamente la imagen de Dios que uno se hace de chico. Claro que la voz no pertenecía a Dios sino al navegador satelital del auto, lo cual no significa que mi destino no estuviera escrito de antemano, seguía estándolo pero del otro lado de la página, el de la rubia, a quien esa misma mañana una vidente le había tirado las cartas y había salido que conocería a su futuro esposo en un accidente de autos, de ahí su *shock* después del choque, por un momento había pensado que iba a tener que casarse con *el taxista*.

Todo eso lo supe más tarde, mucho más tarde, no tanto por la cantidad de tiempo transcurrido como por el peso de los acontecimientos que tuvieron lugar en ese lapso, en principio mi idea era dejar a la rubia en el consulado e irme pero me invitaron a pasar y no pude negarme, de entrecasa y con dos bolsas de supermercado debo haber parecido un linyera porque junto con el *trago* me ofrecieron un *traje*, digo que me lo ofrecieron por no decir que me lo calzaron de sopetón y así vestido me llevaron a la oficina de la rubia, también ella se había cambiado. Estuvimos un rato charlando sobre el accidente, yo le hablaba en castellano y ella me contestaba en inglés, no siempre algo relacionado con lo que yo le preguntaba, hasta que llegó un señor del más riguroso negro que he visto jamás, incluso el cepillo con que se cuidaba los ennegrecidos dientes debía ser de ese color, y se puso a hablarnos supongo que en molvano, diez minutos estuvo este amable cuervo mascullando sonidos inarticulables antes de hacerle a la rubia una pregunta que ella respondió afirmando con la cabeza y luego me la repitió a mí, o eso es lo que me pareció, en todo caso me limité a contestar lo mismo que mi esposa. El otro no había terminado de hablar que ya la rubia, que luego supe era la hija del cónsul, se me tiraba encima para besarme, la verdad es que no me hubiera negado ni aun al precio del matrimonio pero cuando me explicó que para la ley molvana ya éramos marido y mujer la debo haber mirado como ella me miró a mí después del accidente, enseguida me contó lo de la adivina y ahí entré en estado de *shock*, lo grave es que ella me lo había dicho para tranquilizarme.

Tranquilidad no era sin embargo lo que mi destino, escrito o no, me tenía reservado para ese día, pues mi flamante e imprevista esposa no acababa de desplegar el mapa para mostrarme dónde quedaba su país natal, hacia el que supuestamente partiríamos al día siguiente para pasar nuestra luna de miel, cuando un grupo de terroristas tomó por asalto el edificio y nos divorciaron (temporariamente). Pasé la noche encerrado junto al sacerdote en el despacho del cónsul, diga que por suerte tenía las bolsas de los chinos porque *los terro* no nos dieron ni para beber, igual era como para ponerse suspicaces lo bien que estaban abastecidas esas viandas, no sólo tenían comida y bebida sino también elementos de higiene personal, juegos de mesa y hasta un pequeño botiquín, parecían estar especialmente preparadas para pasar una noche en el consulado de un país remoto junto a un sacerdote hipocondríaco y fanático del Go, si hasta traían un cepillo de dientes rigurosamente negro.

Y ahora va a tener que disculparme, el barco se mueve demasiado.

Pd.: La historia de cómo me llegó su carta anterior merecería una carta aparte, lo que me hizo reflexionar acerca de cuánto hemos perdido con el advenimiento de los correos electrónicos, que nunca se pierden y que cuando lo hacen no nos dejan ninguna pista, ninguna historia que rastrear. Así mirada, *la tecnología es una forma de la pobreza.*

Pd. II: Me alegro de que el *taxi boy* con que le mandé mi carta la esté haciendo feliz, aunque a la vez me entristece que estando con su nuevo cónyuge tenga usted tiempo de escribirme, aunque a su vez me alegro porque mucho más me entristecería que usted estuviera todo el tiempo acostada justo ahora que yo no estoy debajo suyo para alegrarme de ello.

Pd. III: El suspenso es el hijo bobo del engaño. Que es el hijo bobo del tedio, que es el hijo bobo del bienestar, que es el hijo bobo de la explotación y la tiranía.

Ramal Suárez, noviembre

Emancipada vecina:

El tren, como le venía diciendo, me tapó la trágica escena que tenía lugar al otro lado de las vías, era uno de esos trenes de pasajeros que tienen apenas un par de vagones y van a toda máquina pero pasó en un momento tan inoportuno que era como para sospechar si el conductor no estaba en connivencia con el asesino, que seguramente había sido contratado por la mujer del asesinado aunque ésta lo disimulase gritando como de susto, apuesto a que eran sus amantes, *tanto* el sicario *como* el maquinista, ahora hay que ver cuál de los dos se queda al final con ella; pasó rápidamente el tren y del otro lado ya no quedaba nadie, ni víctimas ni victimarios ni victimizados, lo cual terminó de convencerme de que ese crimen sin sonido correspondía al que había tenido lugar sin imagen y que su consumación en diferido los cubría mutuamente de ser descubiertos, en un caso nadie vio nada y en el otro nadie escuchó nada, el crimen perfecto, como contrabandear ácido nítrico por un lado y ácido sulfúrico y glicerina por el otro en lugar de la nitroglicerina ya lista para explotar.

Depuse la investigación y volví a mi departamento, donde para mi sorpresa descubrí que las bolsas con que el chino había buscado comprar mi silencio en el asunto del *secado ilegal* de ropa interior femenina estaban llenas de preservativos, para colmo de esos que se regalan en los hospitales o se reparten en la calle durante las campañas de lucha contra el Sida, desde que se murió una tía mía muy tacaña que nadie me hacía *un regalo tan palmariamente regalado*. No había salido de esta sorpresa cuando una mucho mayor me dejó tieso en el medio de la sala, en lugar del monótono taconeo de sus zapatos lo que ahora se filtraba desde su departamento era un amoroso ensamble de sonidos que resultaba imposible no clasificar bajo el rubro de fornicación, bien sabe que yo no soy lo que diríamos un *voyeur* auditivo pero en este caso no pude menos que permanecer un rato escuchando extasiado cómo usted se dejaba penetrar por la felicidad, luego me volvieron a la mente las bolsas llenas de profilácticos y me pregunté si el chino no me habría usado de changarín para traer algo que usted había encargado por teléfono, como casualidad era en todo caso demasiado significativa y por eso me sentí en la obligación moral de *festejarle su fiestita* regalándole mi regalo regalado.

Subí, pues, a dejarle los condones, aunque el embarazo a su edad no creo que sea un riesgo y aunque supongo que usted hubiese aceptado gustosa todas las enfermedades venéreas posibles a cambio de ese goce inaudito, y hete aquí que al dejar las bolsas delante de su puerta me encontré con una carta que no sólo no era mía, lo que por un segundo me puso *absurdamente celoso*, sino que tampoco estaba dirigida a usted, lo que habría sido anecdótico si en lugar de su nombre el espacio reservado para el destinatario no consignara el de mi abuela, mi abuela muerta. Rompí el sobre desesperadamente y con manos temblorosas leí:

Estimada Mimi: me parece bien que abra sus horizontes a otras experiencias. La vida está para disfrutarla. Entiendo que le dé miedo el cambio, pero creo que el riesgo vale la pena. También yo, cuando me vine a trabajar acá, tenía mis dudas. Y las dudas aturden. Son como un ruido muy fuerte que no nos deja pensar. Pero tampoco está bien vivir en el silencio. ¡Hay que ponerle un poco de ruido a la vida! Pregúntele si no a su vecino (fue un chiste). Cuando me vine para acá mi tío me escribió una carta. La leí tantas veces que me la acuerdo de memoria: "Ardillita, oí que te querías ir. Me parece bien. Saludos, el Oso". Eso me dio fuerzas y me vine. Y lo bien que hice, acá encontré trabajo enseguida. Hasta un novio conseguí, ¿no le conté? Era el hijo de la señora. Un amor imposible. Que es lo mejor. Porque cuando no se puede poseer a la otra persona en los papeles, se lo intenta poseer de otras formas, no sé si me explico. Se lo digo yo porque me pasa todo el tiempo. ¿Quién va a querer casarse con una empleada doméstica que trabaja cama adentro? En eso usted tiene más suerte. Limpiar oficinas, aunque sea de noche, le deja más tiempo libre a la mañana, cuando la parte más ardua del trabajo ya está hecha por las ganas de ir al baño, no sé si me explico.

Bueno, tengo que dejarla para planchar unas camisas. Que siga bien y no olvide lo que dice la Biblia*: el miedo carcome el alma.*

Saludos

Lumi

El sobre había quedado en condiciones deplorables, de modo que ni traté de disimular que había leído la carta sino que simplemente me la llevé, y aunque al principio pensé en ocultar el hurto, total usted culparía a la portera, más tarde me convencí de que debía confesarlo si no quería que la intriga me carcomiera el alma, además de que no puede ser un delito abrir las cartas dirigidas a la abuela de uno, máxime si ella no está en condiciones de hacerlo por sí misma. Pero ya ahí empiezan a retumbar los atronadores *redoblantes de la duda*: ¿es a mi abuela que está dirigida esta carta o a una persona con el mismo nombre? Si lo último, ¿por qué recibe usted cartas dirigidas a un homónimo de mi abuela? Y si lo primero, ¿cómo es que esta persona no sabe que mi abuela está muerta? ¿O es que mi abuela está viva?

Confundido,

el nieto.

Pd.: No me deje con la intriga. El suspenso es el hijo bobo del engaño. Que es el hijo bobo de la soberbia, que es la hija boba de la ignorancia, que es la hija boba de la desconfianza y la pusilanimidad.

Allá lejos y hace tiempo

Duplicado vecino:

El sol de noche se apagó, también el principio de incendio, todo gracias al diligente orín de nuestra perra Teolina, y en el silencio estrellado de susurros resonó otra vez el grito lastimero, definitivamente humano. Volví a forcejear con la puerta y esta vez la traba cedió, como si tampoco ella pudiera soportar tanto suspenso. Para mayor comodidad asomó la luna entre las nubes e iluminó el oscuro establo. Fue entonces que la vi.

Era una chica de mi edad, que yacía junto a la yegua embarazada, también ella en trance de parir. Entre sus piernas asomaba ya la cabeza de su hijo. El espectáculo me hizo perder el equilibrio y caí de rodillas frente a la parturienta. Volviendo de su desmayo, ella lanzó un último grito y de pronto yo me encontré con un bulto de carne ensangrentada en las manos. Después la que se desmayó fui yo. Cuando volví en mí, las perras lamían al bebé, quien tirado entre nosotras berreaba moviendo la cabeza para un lado y para el otro, como si no supiera cuál de las dos era su madre.

La madre no estaba mal vestida, pero se notaba que hacía mucho que llevaba la misma ropa. Parecía una chica de buena familia caída en desgracia, quizá por culpa de ese embarazo prematuro. Arropé a la criatura en mi mantón y la alcé para calmarla. Cuando dejó de gritar la madre abrió los ojos. "Te sienta bien –me dijo–. Podés quedártelo." "Quedártela –la corregí–. Es una nena." "Con más razón, te la regalo."

No hice caso de sus palabras, le entregué a su hija y le pedí que se quedara allí mientras buscaba una tijera, ropa de abrigo, algo de beber. Llevarlas a la casa hubiera sido demasiado riesgoso. Lo primero que habrían hecho mis tíos, que en ese momento cenaban en lo de unos amigos, hubiera sido llamar a la policía, y si algo parecía no querer esa chica era ser interrogada, menos que nada por la ley.

Al regresar vi que había dejado a la beba a un lado y dormía de espaldas a ella, sin perturbarse por sus gritos. Algo contrariada por tanta desaprensión, decidí pasar la noche en el establo. Corté el cordón umbilical, lavé a la beba y me acosté con ella en brazos. Poco antes de la madrugada me despertó un cosquilleo en un pezón. Era la chiquita, sorbiendo una leche que yo no creía cargar en mi pecho.

Antes del alba presencié mi segundo alumbramiento, en este caso el de la yegua, que no lo sobrevivió. La experiencia resultó ser tan espantosa que tomé la determinación de nunca tener hijos en mi vida. Fue raro pensar eso mientras sostenía entre brazos uno que ya consideraba como tal.

En el revuelo que causó la muerte de nuestro caballo conseguí meter a la madre y a su hija dentro de mi habitación, donde podíamos tapar los llantos del bebé con mi radio de transistores. En el transcurso de ese día me enteré de que el padre de la criatura era el segundo marido de su abuela, y que ella venía huyendo de él hacía semanas. Me pidió que la alojara durante algún tiempo. Al nombre de la beba lo pensamos juntas: Analí.

Siguieron algunos días llenos de vicisitudes, en los que mis tíos estuvieron varias veces a punto de descubrirnos. La madre continuaba demasiado débil como para moverse, y tampoco tenía dónde ir. Denunciar al marido de su madre no era una opción, no sólo porque no había forma de demostrar el abuso sino porque el violador era comisario de la policía. Con más razón había que sacarlos de la casa si no queríamos que mi tío las entregara directamente en manos del criminal uniformado.

Por ese entonces yo estaba noviando con un chico algunos años mayor que yo. Era un vecino que había conocido hacía algunos veranos y con el que nos veíamos en secreto a la hora de la siesta. Mis tíos creían que me pasaba los tres meses de vacaciones en el campo porque me gustaba estar con ellos, pero el verdadero motivo era él. Estaba enamorada y ya teníamos fecha de casamiento: un día después de que yo cumpliera los dieciocho años.

Le pedí a mi novio que alojara a las fugitivas en su taller (era carpintero). Al principio se resistió, hasta que lo llevé a conocer a sus potenciales refugiadas. Pensé que había sido la bebita, pero fue otra cosa lo que pareció haberlo conmovido, porque una semana más tarde desapareció junto a la madre.

A cambio de llevarse a mi novio esa desagradecida me dejó a su beba. Pero tampoco por mucho tiempo.

Suya,
Mimi

PD: Se queja usted de que me lleguen cartas bajo un nombre diferente (Mimi es un apodo común entre abuelas, y Vives es mi apellido materno), pero de usted me llegan con el mismo nombre cartas diferentes y aun contradictorias, lo cual sí es preocupante. Alguien le está robando la identidad, eso es lo que me preocupa. Me preocupa que haya alguien tan pobre y desesperado como para robarle lo que usted mismo no tiene.

PD: La carta que usted abrió está escrita en clave, así que es como si no la hubiese leído. De todas formas le pediría que deje de robarme la correspondencia, aun cuando entienda que su pobreza y desesperación lo arrastren al delito.

Uguende, séptima lunación

Añorada vecina:

La distancia me ha hecho pensar profundamente en nuestra relación, lejana vecina, y he concluido que así como otros se escriben cartas para acercarse mutuamente, nosotros nos escribimos para *distanciarnos*, un poco como esas personas que se insultan a los gritos no para pelearse sino más bien para evitar irse a las manos, o como aquellos que despotrican en público contra la homosexualidad para disimular que la practican. Se ha dicho que el género epistolar es perverso porque necesita de la distancia para prosperar, pero en nuestro caso es más perverso todavía porque no deja de aumentarla, fíjese que nosotros no nos empezamos a escribir porque estábamos lejos y queríamos acercarnos sino que *empezamos a alejarnos en el momento de iniciar nuestra correspondencia*, cada una de nuestras cartas ensancha el abismo que nos separa y la única forma que tenemos de no caer en él es seguir escribiéndonos, en ese sentido somos como dos duelistas que caminan de espaldas, el primero que deje de escribir habrá dado la señal de disparo.

Tan bien ha funcionado esta correspondencia, tanto nos ha distanciado, que me atrevería a decir –y escuche bien lo que estoy por anunciarle porque no creo que vaya a repetirlo–, hasta me atrevería a decir que, como la mujer que acaba de echar a su marido de la casa y de pronto siente nostalgia de él, no porque quiera que vuelva sino así, por simple inconsecuencia humana, por pura perversión; hasta me atrevería a decir que *extraño el ruido de sus zapatos*. Ya sé que semejante declaración guarda aires de omnipotencia, de insolente altanería, como el que luchó para hacerse famoso y ahora llora por el anonimato perdido cuando sabe que no podría vivir ni un minuto sin las miradas furtivas de los demás, o como el que tiene mucho pero asegura con *hipócrita estoicismo* que rico es en realidad el que poco necesita; ya sé que suena a cínica suficiencia declarar que extraño el ruido infernal de sus tacos pero es que el viaje por el océano, donde creí que reinaría el silencio absoluto y sin embargo me encontré con el viento y las olas y las gaviotas, me ha hecho comprender que el ruido es mera sugestión, un *corazón delator* que no se encuentra afuera del oído sino dentro de él, y que en consecuencia está en uno mismo dejar de escucharlo. Extraño por eso no estar debajo suyo para probarme que puedo desentenderme de su taconeo sin el auxilio de tapones o ventiladores, simplemente con *la fuerza de la no sugestión*, la misma que deberíamos aplicar para probarnos que el infierno no son los otros sino *nos*otros mismos, mientras no aprendamos a ignorarlos.

Otra cosa que me ha llamado a la reflexión fue un dicho molvano que me enseñó mi esposa según el cual todos los males que alguien nos inflinge se corresponden con males semejantes que uno ya inflingió previamente a otras personas, una máxima de consistencia dudosa ya que por un lado justifica la maldad (todo mal que uno le aplica a otro funciona al mismo tiempo como justo castigo del que el otro hizo a un tercero) y por el otro maldice a la justicia (cada vez que castigamos a alguien nos ganamos el injusto castigo futuro de un tercero), pero que a mí me recordó a mi vecina de abajo en Alemania, una vieja resentida como usted, versión prusiana. Con la diferencia, salvadora en aquel momento pero fatal más tarde –siempre según la sabiduría popular molvana–, con la diferencia de que esta vecina era *de abajo*, es decir que en este caso el verdugo era yo, claro que debido a la mala estructura del edificio y no a mis zapatos, pues por mucho que me cambiara de pantuflas mis pisadas seguían repercutiendo en el piso inferior, quiero decir que el problema no era de mala voluntad sino de *malos ladrillos*, cosa que esta imbécil no quería entender y por eso me llamaba por teléfono y me gritaba y golpeaba el techo, al final terminó cansándome y yo pasé a responder sus quejas saltando y corriendo por el departamento hasta oírla llorar de la desesperación, eso ya entra en el terreno de la maldad y por eso es justo, como le decía, que me haya tocado usted de vengadora.

Un último motivo para valorar retrospectivamente sus zapateos es que la hermana de mi esposa, sorda desde pequeña, me explicó que el oído es un órgano que se atrofia si no recibe estímulos y que un oído atrofiado es todo lo contrario de un oído en paz, antes yo creía que sólo los sordos eran personas con posibilidades de ser felices pero gracias a mi cuñada ahora sé que *los sordos escuchan* un concierto enloquecedor de punzantes chillidos que nada, a veces ni siquiera los ansiolíticos, es capaz de acallar. Por todas estas razones me gustaría estar ahora en mi casa, y cuando la nostalgia aprieta le pido a mi cuñada que se ponga los zapatos de taco y camine un rato por el altillo de la casa, todo lo cual no quita naturalmente que esté feliz acá, retirado en la paz de estos desiertos.

Su más... etc.

Pd.: en mi esquela anterior le conté cómo es que llegué en barco hasta Molvania, carta que mandé por el mismo medio y que temo no haya llegado como también temí no llegar yo mismo a destino, aunque precisamente porque yo sí llegué tengo la esperanza de que también ella haya hecho lo propio, aunque a su vez y pensándolo bien tampoco es tan grave si esto no ocurrió, acaso sean las cartas que se quedan en el camino las que van construyendo *la verdadera historia*, no tanto por lo que en ellas dice el emisor sino por lo que dejan de decir para el destinatario, un agujero negro puede revelar muchas más cosas que un colorido relleno.

Buenos Aires, 24 de noviembre

¿Analí? ¿A la nena que nació en la caballeriza le pusieron Analí? ¡Ése es el nombre de mi madre! ¡Mi madre, que nació precisamente en una caballeriza! Pero la historia que ella me contó es distinta: hay un parto doble y hay un incendio, sin embargo la que muere no es la potra sino mi abuela, y no por consecuencia de dar a luz sino a causa de un incendio, y no casual sino intencional, perpetrado precisamente por la sobrina del dueño de la caballeriza, la misma que luego se apropió de mi madre y la crió, y de la que mi madre se escapó cuando ella, mi abuelastra, le robó al novio, mi padre. El motivo que arrastró a mi abuela biológica a elegir ese extraño lugar para traer una hija al mundo también tiene paralelos con la historia que cuenta usted, si bien lo que *llama* la atención vuelven a ser las diferencias: al parecer ella vacacionaba en un campo vecino y en una de esas vacaciones quedó embarazada del dueño de este otro campo, el tío de la que después se quedó con su hija, y como el tipo se desentendió de la imprudencia mi abuela le fue a parir a su caballeriza. En la familia se especula incluso con que el padre de la criatura se enteró de esto y mandó a que la sobrina quemara el lugar con todos sus ocupantes dentro –salvo la yegua, que al parecer era de raza–, pero ella, la sobrina, se apiadó de la beba, según algunas versiones porque ésa era la única forma en que podría tener hijos –era medio fulera– y según otras porque planeaba venderla en el mercado negro de bebés (blancos). Lo curioso es que usted no sólo recibe correspondencia a nombre de mi abuela muerta, sino con el apellido de mi padre, Vives, el hombre que dejó embarazada a mi madre y luego se fue con la falsa abuela, que por ende pasó a ser también como una segunda, falsa madre para mí. ¿Es usted esa persona en la que coinciden la asesina de mi abuela materna y la amante de un padre que no conocí hasta cumplir la mayoría de edad?

Se lo pregunta en calidad de urgente,

su... *¿nietastro?*

Carta XXVIII: *De una abuela a su nieto*

Cercano viajero:

Le agradezco mucho su última carta, en la que me cuenta sus aventuras en Formosa, luego de separarse de su esposa molvana y pasar una temporada pescando en el mar Caspio junto a un grupo de piratas indonesios rehabilitados. Temo igualmente que no la haya escrito usted, porque bajo su nombre me llegan también cartas absurdas, donde se dice por ejemplo que maté a su abuela, crié a su madre y luego me escapé con su padre. Lo cierto sin embargo es que, como le contaba en otra carta que erróneamente mandé al piso de abajo, su abuela biológica escapó con mi novio y yo crié a su madre Analí hasta que su verdadera madre volvió diez años después, ya amancebada con otro, y me sacó a la nena con una orden judicial. Según me dijeron luego, su abuela se dedicaba al narcotráfico y quería usar a su madre de mula, aunque también circuló la versión de que se acordó de su hija para pagar ciertas deudas de juego con el dueño de un prostíbulo. En todo caso, sepa que yo soy su abuela, mucho más verdadera que la biológica, que habrá sido la que se escapó luego con su padre igual que se había escapado con mi novio. La emoción me embarga. Debo dejarlo.

Entre lágrimas de felicidad,
su abuela.

Carta de madre a mí

Querido hijo:

Nunca había recibido una carta tuya como la que me mandaste. De hecho, nunca había recibido una carta tuya. ¿Te cortaron el teléfono por falta de pago? Yo tampoco te escribí nunca. ¿Decís que es por eso que me saliste homosexual? Ahora en serio: no sé por qué insistís en que te conteste por carta existiendo las señales de humo o las palomas mensajeras. ¿Vos decís que los cavernícolas ya conocían la Blackberry pero les daban a las pinturas rupestres de puro nostálgicos? La única ventaja que les veo a las cartas es que podés llorar arriba de ellas sin más consecuencias que un borrón. Si llorás mirando la pantalla se te meten las lágrimas por el teclado y se te hace mierda la laptop. Las nuevas tecnologías no están hechas para gente emotiva. Por eso me gustan. Pero igual te estoy contestando por escrito, como ves. Una madre hace todo por su hijo, incluso retroceder en el tiempo hasta su juventud. Si el método funciona le pongo un forro a tu padre y vos dejás de existir.

Porque no sé si vos sabés que con el forro de tu padre nos conocimos por carta. Como hoy los chats para solos y solas, en esa época se estilaba llevar correspondencia con amigos invisibles. La mujer que me crió, esa que ahora clama ser tu verdadera abuela, interceptaba nuestras cartitas de amor sin que yo me diera cuenta, para lo que te aseguro que se necesitaba tanta maña como para meterse en una cuenta de mail. Ella me dijo después que lo hacía para cuidar que él no me sedujera, pero lo cierto es que era ella quien buscaba seducirlo a él. Cuando se fue con tu padre me mandó una carta diciendo que me salvaba de él, fijate qué descarada. Lo que no sabía es que yo estaba embarazada. Eso no lo hacíamos por carta.

Cualquier otra cosa que te cuente la vieja ésa es una mentira. No puedo creer que justo te haya tocado vivir debajo de ella. Pero lo que menos puedo creer es que esa Lumi que le escribe con tu apellido paterno sea mi empleada Alicia, la que te debutó (se llama Lumiarra de apellido). El otro día entré a su cuarto y tenía sobre el escritorio una carta de tu vecina donde decía que vos estabas en Uqbar, luego de haber pasado un tiempo traficando marfil en Formosa. ¿Te das cuenta de cómo delira esta mujer? Por la tarde me senté con Alicia y le pregunté qué hacía carteándose con mi madrastra, a lo que me dijo que ella no sabía que fuera mi madrastra sino que la tenía por una compañera de un grupo epistolar de autoayuda para diabéticos. Apuesto a que la vieja averiguó que Alicia era mi empleada y que era diabética y ahora la usa para espiarme. Lo increíble es que no haya sabido que vos eras mi hijo, aunque bien pensado eso es lo que siempre les pasa a los curiosos, ven todo menos lo que tienen al lado.

Mi recomendación es que dejes de escribirte con esa mujer y te olvides de todo el asunto. Mi recomendación es también que dejes el vicio de las cartas porque de eso a fornicar sin protección hay sólo un paso.

Más tarde te llamo.

Besos,

la que te parió.

Carta de Alicia Lumiarra a Isabel Gracia Casares

¿Así que usted no es empleada en una oficina y tampoco es diabética? ¿Así que usted es la que se robó al padre del hijo de mi patrona? Vergüenza debería darle. No me escriba nunca más.

Carta del cónsul de Molvania en Mucho Silencio a la Sociedad Protectora de Cuernos de Marfil de Formosa

Muy señor mío:

El delincuente al que usted hace referencia no ocupó ningún cargo oficial en este consulado, por lo que lamentablemente no puedo ayudarlo con su pedido de extradición extrajudicial. Según las últimas informaciones, estaría abocado a la evangelización de grupos ecologistas en África Oriental. Si planea buscarlo le recomiendo que no mande a su hija.

Atentamente
Cónsul Siribilo Pelovich

Carta de Isabel Gracia Casares a Alicia Lumiarra

Lumi, yo puedo explicártelo todo.

Carta de Artemio Vives a mí

Apreciado hijo, te escribe tu padre. Quería contarte algo. Espero que no te moleste. Me hubiese costado tanto decírtelo por teléfono que preferí escribirte. Con tu madre nos conocimos por carta. Yo creo que es un lindo medio de comunicación. Uno se sienta y escribe. Puede pensar en lo que quiere decir. Tachar si no le gusta. Hacer dibujitos. Barquitos. Al mail todavía no lo domino. Juego al póker con tipos en Rusia, eso es lo único que sé hacer con la computadora. Javiercito, tu hermanastro, sí que entiende todo. Juega a unos juegos de guerra alucinantes. La sangre chorrea desde el monitor. ¿Qué me decís de la guerra en Medio Oriente? El mundo está cada vez más loco, yo no sé dónde iremos a parar.

Bueno, quería romper un poco el hielo. En realidad te escribía para contarte que no es casualidad que vos vivas debajo de Isabel Gracia. La idea fue mía. Ella me contó que estaba libre el departamento y yo lo compré como para alquilarlo. Pero después me enteré de que volvías de Alemania y lo puse en venta a un precio tentador en la inmobiliaria que queda al lado de lo de tu madre. Ella mordió el anzuelo y vos compraste. No sé bien por qué lo hice, creo que para tenerte cerca de mí a través de otra persona. A Isabel Gracia ni le dije. Espero que sea una buena vecina.

Pero lo que te quería decir no era eso. O sea sí era eso pero también algo más. Resulta que Javiercito se tiene que hacer una operación en la boca y no me alcanza la plata. No son deudas de juego, te aseguro. Entonces lo que pensé es si vos podías vender el departamento y darme la diferencia. Con eso me alcanzaría. Y le harías un gran favor a tu hermano Javiercito, que de más grande va a ser analista de sistemas y seguro que te va a salvar cuando de repente termines una novela y la compu se te rompa. Pensalo.

Y ya sé que soy un mal padre, pero debe haber peores.

Con cariño,

Artemio.

De mi abuela a mí

Querid niet:

Cuando esta carta le llegue yo probablemente ya voy a estar muerta, así que se la va a entregar un señor que tuvo la idea de fundar un correo del futuro: uno le da una carta hoy y él se compromete a entregarla dentro de cincuenta años. Algunos dicen que es un embaucador pero yo le creo porque es primo de una muy amiga mía. Además tengo un papel con su firma, que por las dudas se lo mando junto con esta carta para que pueda reclamarla en caso de que no le llegue.

Ahora tengo quince y sé que en el vientre llevo una mujer, me lo dijo una hechicera que te pasa algo por la panza y luego ve sombras en una pantallita y te dice. Si es una mujer entonces estoy segura de que me va a dar un nieto o una nieta, pero como no sé si nieto o nieta entonces es niet, y como niet en ruso significa no, temo que nunca lo vaya a conocer. Por eso se me ocurrió que lo de la carta era una buena idea.

Lo que a mí más me importa es que mi niet sepa quién fue su abuelo, Ilinor Smith, un hombre alto de ojos negros y manos largas que viajó por todo el mundo, estuvo en Molvania, en Formosa, en todas partes, hasta en Argentain. Él decía que viajaba buscando el silencio perfecto, pero yo creo que huía de un ruido que tenía dentro de su propia cabeza. La última carta que me mandó dice:

En todos los lugares del mundo a los que fui hasta ahora el ruido es sinónimo de jolgorio y felicidad. Principalmente a los nenes les encanta hacer bochinche. Yo creo que eso viene a cuento de que el ruido nos excita, y nos excita porque nos obnubila el cerebro, como el opio. Pero también el silencio es una droga, como la vida sana. Lo curioso es que mientras el amante del ruido cada vez escucha menos y necesita ruidos más fuertes, el amante del silencio cada vez oye más y necesita silencios más absolutos. Mi oído por ejemplo parece buscar con pasión masoquista sonidos cada vez más leves, o será que cuando uno empieza a huir de los ruidos molestos siempre se encuentra con uno peor. Es como una ley. Habría que hacer un libro con todas esas leyes. Creo que podría ser un buen negocio.

A veces pienso que en vez de viajar debería hacer como Van Gogh: serrucharme una oreja y mandársela por carta. Pero aún tengo esperanzas de encontrar algo que sea el puro silencio, el exacto opuesto de un petardo.

Y ahora dejo de escribir porque cobran por peso, y las citas de cartas de otros valen el doble. A mi edad no puedo darme esos lujos, espero que a usted le vaya mejor.

Afectuosamente,
su abuela de usted.

Carta de Alicia Lumiarra a Isabel Gracia Casares

Le devuelvo cerrada su última. Puede guardarse sus explicaciones. Adiós.

Carta de Isabel Gracia Casares a Alicia Lumiarra

No me hagas esto, Lumi...

Carta de Anabel Roque a su tío Francisco Roque, sodero

Querido tío: Necochea es una ciudad muy linda. Me gusta mucho estar de camping acá con el colegio. Ayer fuimos a visitar una embotelladora de agua y era la misma que vos repartís. Nos mostraron cómo se hace para meter el agua dentro de los botellones. Es muy fácil. Hasta se podría poner otra cosa. Bueno, besos a la tía. Anabel.

Carta de Brillant Ideas Inc. al señor Ilinor Smith, Buscador del Silencio Perfecto

Agradecemos su idea de un ventilador que se encienda cuando escucha ruido y se apague cuando éste cese. Nos parece que podría tener el mismo éxito comercial que un equipo de música que toque automáticamente distintos ritmos de acuerdo a la temperatura (salsa cuando hace calor, canto gregoriano cuando hace frío) o una bocina de automóvil que lance cubitos de hielo. Igual la idea, como se dice, nos hace ruido.

Siga participando.

Brillant Ideas Inc.

Carta de la empresa de deudores incobrables Pega Paga a sí misma (la secretaria puso el remitente en el lugar del destinatario y viceversa)

Estimado señor:

Somos una empresa honesta y patriótica que se dedica a disuadir a los morosos a que cumplan con sus deberes ciudadanos con métodos completamente comunes y a veces incluso legales. Al escribirnos para solicitar nuestros servicios de disuasión por un caso de ruidos molestos usted ofende diez meses ininterrumpidos de trayectoria con el mismo nombre, por no hablar de los que ya llevamos con otros anteriores que nuestros abogados nos sugirieron ir cambiando. Esto no es un burdel de matones que alquilan su odio fingido por unos pesos. Acá nos manejamos en dólares.

A título personal, le recomiendo adulterar los exámenes médicos de la susodicha para que sea internada en un neuropsiquiátrico o en su defecto atacarla con humo u olores desagradables, dos sustancias de movimiento ascendente. De última, la que le queda es alquilar su departamento como sala de ensayos o jardín de infantes.

Que le sea leve.

Sargento (r) Aníbal Acera

Carta de mí a mí desde Miami

Hola Yo:

Como se ve, todo lo tenemos del abuelo.

Saludos

Vos

Carta de truco (reina de copas, parte trasera, prueba inculpatoria n° 7)

Warfarin, chlorophacinone, Pival

Neuropsiquiátrico José Tiburcio Borda, pabellón 20

Celestial vecina:

Con marcada intensidad recuerdo por estos días las explicaciones que regularmente los aborígenes debían dar a los forasteros que se aventuraban con sus automóviles por nuestra calle sin salida y luego no sabían cómo volver sobre sus huellas, una y otra vez escuché desde mi ventana los pedidos de auxilio de los conductores seguidos de la respuesta más o menos precisa de vecinos y pasantes acerca de cuál era la mejor forma de abandonar el laberinto de vías férreas y calles truncas que recortan, y *favorablemente aíslan*, nuestro (ex) barrio. Había todo tipo de improvisados cicerones, como acaso también usted haya notado: estaban los que, hartos de dar explicaciones, respondían de forma maquinal y veloz para enseguida despedirse, los que por el contrario, y deseosos de demostrar su erudición en la materia, abundaban en interminables elucidaciones geográficas hasta abarcar el plano completo de calles de la Capital Federal, teníamos asimismo los que dudaban un largo rato antes de admitir que no sabían, lo que admitían que no sabían con tal celeridad que resultaba evidente que sabían pero no tenían ganas de andar compartiendo su saber, los que por no admitir su ignorancia daban explicaciones tan erradas que al *involuntario testigo* de las mismas (yo) le daban ganas de intervenir, los que se metían a corregir las explicaciones de otros y a veces hasta se quedaban discutiendo cuando el automóvil se había ido como quien comenta un partido de fútbol que ya terminó, los que daban explicaciones tan enrevesadas que el conductor las oías con el respetuoso silencio (y las agradecía con la conmovida efusividad) de quien no ha entendido nada, los que se perdían en digresiones sobre el estado de las calles y del país y del mundo, los que mechaban comentarios jocosos y acababan haciéndose amigos íntimos de automovilistas que enseguida desaparecían para siempre de sus vidas, los que movían las manos para ilustrar sus explicaciones y los que hacían lo propio con todo el cuerpo girando en cada curva del relato, los que se referían a las calles circundantes con los nombres que habían dejado de tener hacía diez o veinte años atrás y los que no recordaban ningún nombre y se referían a las calles por el tipo de pavimento o el comercio que estaba en la esquina donde había que girar en ellas, los que terminaban de trazar un recorrido y se arrepentían y ofrecían uno mucho mejor, los que volvían a arrepentirse alegando que la primera opción era la más sencilla de memorizar. Como todos esos imprevistos baquianos, cada cual aportando a su modo una y la misma solución, también yo he tratado por todas las *vías* posibles de indicarle la salida, sin éxito naturalmente porque usted nunca quiso saber dónde quedaba, igual que el conductor de un automóvil que olvidó hacia dónde debía ir.

De eso también me estaba acordando estos últimos días, *paradisíaca vecina*, de la cantidad de cosas que uno olvida constantemente, y no digo sólo las cosas de la vida cotidiana sino las cosas en general, de los niños que se mueren de hambre en África por ejemplo, o sin ir tan lejos de los que comen de nuestra basura acá delante del edificio, uno se olvida de que hay gente injustamente condenada que en cualquier momento va a recibir la inyección definitiva, se olvida de que todo el tiempo se están buscando donantes de sangre para realizar operaciones de vida o muerte, se olvida de lo que le enseñaron que hay que hacer en caso de que a una persona al lado nuestro le agarre un ataque de epilepsia, se olvida de la tala indiscriminada de la selva amazónica y de las aves en vía de extinción. Pero uno se olvida de cosas banales también, de la tabla del nueve, por ejemplo, o sin ir más lejos de la del seis, se olvida de las letras de las canciones y aun de sus melodías, se olvida de las recetas y de hacer dieta, de los números de teléfono y de llamar en su cumpleaños a los amigos y parientes, se olvida incluso de que se olvida de todas esas cosas y cree que por eso esas cosas dejan de existir, que desaparecen, pero las cosas no se esfuman de la memoria del mundo tan sólo porque nosotros las olvidemos, *las cosas persisten*, tercas, positivas, indelebles.

Entre ellas, y a esto iba, sus inolvidables zapateos, que usted, como cualquier verdugo que apura una ejecución porque llega tarde al cumpleaños de su hija, habrá podido olvidar desde el mismo momento en que me cortó el teléfono la primera y única vez que me atendió, pero que yo seguí escuchando *día a día y hora a hora* sin amnesias ni lagunas, como si en mí recayera la responsabilidad de conservarlo para las generaciones posteriores, como si fuera el único testigo que deja un asesino a fin de que cuente la historia. Olvidada como parecía estar usted de sí misma se me ocurrió que lo mejor para olvidarla era ponerme en su lugar, por eso empecé a escribirme cartas en su nombre, infamando un género que desde Abelardo y Heloísa está hecho para el amor y el erotismo más que para el odio y la incomprensión, pero ni así logré ausentar a sus zapatos de mi mente, aunque al menos sinceré una situación de hecho, pues así como Ramón Gómez de la Serna dice que escribirse a uno mismo es como escribirle a un fantasma, *escribirle a un fantasma como usted en realidad era escribirme a mí mismo*, una correspondencia que estaba condenada al mismo fracaso que sufrió Ramón, será por eso que acabé perdiendo el rumbo y el mucho ruido que hice dejó pocas o acaso ninguna nuez.

Al final no tuve más opción que recordarle a Dios que la tenía olvidada, ayudándole de paso en el proceso de llevársela con él, por eso es precisamente que le escribo, para que sepa cómo murió, un muerto que no sabe a qué debe su deceso es como un neonato que no sabe quiénes son sus padres o sus abuelos, el trauma puede durarle toda la vida –toda la muerte en su caso. Si hubiera leído mis cartas no tendría por qué darle explicaciones, en ellas ya estaba prefigurado lo que pasaría después, es como enchufar un aparato sin leer antes el manual de instrucciones, los accidentes no son culpa del fabricante sino del que lo compró. La culpa no es por eso de Francisco, nuestro amoroso sodero, que en un momento de distracción me dejó inyectar el raticida en los botellones que le subía a usted, ni tampoco de quien me vendió el veneno ni aun de mí, *mero sicario de mi sistema nervioso*, la culpa es toda suya, pues a caballo regalado no se le miran los dientes, pero al comprado sí. Lo curioso del caso es que el mismo día en que le envié por medio de Francisco los botellones envenenados usted dejó de taconear, no porque hubiera ingerido mi pócima sino porque había llegado el verano y con él los nuevos zapatos, lo supe porque la escuchaba hablar pero no caminar, pensé entonces en avisarle que no consumiera el agua pero conociendo su carácter temí que pudiera denunciarme, como ya habían pasado más de 48 horas supuse luego que mi inutilidad congénita abarcaba también el rubro envenenamiento y que mi brebaje le había deparado a lo sumo una indigestión, que por otra parte bien ganada se la tenía.

Una semana más tarde el hedor a rata podrida que emanaba de su departamento despejó cualquier duda acerca de los verdaderos motivos del silencio (¿no es curioso que el mismo líquido que da vida sea en este caso el que se encargó de abolirla?), y aunque por un tiempo creí que nadie lo descubriría, convencido como estaba de haber perpetrado un asesinato *luminosamente dialéctico* al disponer, como Ulises, las cosas de una forma tal que aun caído no cayera en poder de las sirenas (de la policía, en este caso), las autopsias y los análisis y los médicos forenses convencieron a un juez de lo contrario y caí preso, lo que otrora hubiera sido un crimen perfecto ahora apareció en los diarios como la burda venganza de un demente, eso me pasa por seguir los dictámenes de la escuela de Frankfurt, y por no renovar mi colección de novelas policiales.

Según ciertas teorías la evolución del *Homo sapiens* empezó con el oído, órgano del equilibrio y por ende el culpable de que nos hayamos puesto de pie, le expliqué a la policía, como creo haberle explicado también a usted, pero en mi caso fue allí donde terminó, pues por culpa del oído perdí ese mismo equilibrio y eliminé a un semejante, involucionando hasta el estado de un animal. Por eso me metieron en un manicomio y no en la cárcel, dicen que estoy loco, no por matar a una persona sino por matarla *sin motivo*, el de los zapateos les parece inverosímil, a todas luces nunca leyeron a Schopenhauer.

Ahora usted está muerta y yo estoy en un loquero, usted en el Cielo de las víctimas y yo en el Infierno de los asesinos, en definitiva *usted arriba y yo abajo* una vez más, sin siquiera el colchón acústico del Purgatorio desde que lo declararan inexistente, y al igual que Gardel zapatea usted cada día mejor. La buena noticia es que nunca pude escribir un libro sin antes saber el final, así que ahora ya estaría en condiciones de empezar con su biografía.

Hasta siempre,

su eterno vecino de abajo.